Gaspar Hernàndez

El silenci

Gaspar Hernàndez

El silenci

Premi Josep Pla 2009

Edicions Destino

El jurat del Premi Josep Pla 2009
el formaven: Sebastià Alzamora,
Rosa Cabré, Baltasar Porcel,
Ester Pujol i Àlex Susanna.

Carrer Peu de la Creu, 4. 08001 Barcelona
Primera edició: febrer del 2009
Segona impressió: març del 2009
Tercera impressió: març del 2009
ISBN: 978-84-9710-103-5
Dipòsit legal: B. 15.468-2009
Fotocomposició: Víctor Igual, S. L.
Imprès a: Liberdúplex, S. L.

Als meus pares, Paquita i Gaspar.
A Verónica.

La vida és efímera,
però els seus dies poden ser immortals.

PÍNDAR

Quantes persones que et
coneixen han estat
capaces de llegir el teu llibre
sense posar la teva cara
com a protagonista?

Aquesta és la nit més inquietant, perquè estàs profundament adormida, sota els efectes d'un somnífer, i t'he de parlar fins que entri per la finestra la llum neta i clarejant de l'illa. Seràs la meva oient adormida. No hi ha perill que et despertis, el d'avui ha estat el primer somnífer que t'has pres mai, i per tant enraonaré en veu alta. Sí, procuraré que sigui la veu de la ràdio, alta i calmosa, però de moment et demano disculpes perquè estic nerviós. A mesura que avanci la nit espero estar a l'altura de les circumstàncies i aconseguir aquella veu amb què hauria de transmetre, em vas dir, una vibració especial. Em va semblar entendre que et referies a la vibració que deu fer la veu quan ens adrecem a les plantes —disculpa'm la comparança— i amb el temps creixen més esplendoroses. Aquesta setmana he sabut que un investigador del teu país assevera que les paraules modifiquen l'estructura molecular de l'aigua, o sigui, la nostra estructura molecular, atès que som bàsicament aigua, igual que les plantes. Tu creus que les paraules i les vibracions et poden curar, i jo ho respecto; però el teu metge es posaria les mans al cap si sabés que la seva pacient, malalta de càncer, vol intentar curar-se d'aquesta manera tan estrafolària, i en una nit. Doncs per fi ha arribat la nit, i la veu em tremola.

Em sorprèn la teva respiració: estava acostumat a sentir-te una inspiració i expiració precises, de gran sonoritat, amplificades pel coll, per la glotis que forçaves durant les classes per tal que jo seguís, com una pauta, l'entrar i sortir de l'aire. La respiració d'ara, en canvi, és aliena a la teva voluntat i sembla utilitzar el teu cos per transitar-hi, com podria utilitzar una canya. Pauses netes entre la inspiració i l'expiració: intento focalitzar l'atenció en aquesta pausa de no-res, en l'instant fugaç en què la inhalació i l'exhalació conflueixen, però els meus pensaments van en una altra direcció. Fa mig any em vas ensenyar que els pensaments no es poden controlar, que tan sols els podem deixar desfilar, com si fossin núvols. M'ho devies explicar entre rialles, com sempre; quan riem som feliços perquè no pensem. Jo crec, Umiko, que tens un autèntic talent per a la felicitat. La paraula *felicitat* té un deix ensucrat i pastós; no obstant això, actualment fins i tot els científics la fan servir: he llegit que científics de la Universitat de Wisconsin han conclòs que un biòleg molecular francès d'uns seixanta anys, el qual fa trenta anys va deixar la ciència per abraçar el budisme, és «l'home més feliç del planeta». Fa anys que investiguen el seu cervell, sotmetent-lo a ressonàncies magnètiques de fins a tres hores de durada, connectant-li, si no recordo malament, fins a 265 sensors per mesurar els nivells d'estrès, enuig, irritabilitat, plaer o satisfacció. Després de comparar els resultats amb els d'altres centenars de voluntaris resulta que aquest monjo budista francès ha desbordat totes les previsions: el seu cervell de gran plasticitat té una facilitat colossal per allunyar els pensaments negatius i concentrar-se en els positius. Un cervell entrenat, talment com un múscul, per suprimir sentiments que crèiem inevitables en la condició humana. Estic convençut, benvolguda Umiko, que ara mateix, i a pesar de la malaltia, obtindries uns resultats similars. De fet, quan et vaig conèixer, tot i ser jove i bella, em va fer la impressió que tenies alguna cosa de monja budista (però enlloc està escrit que les monges budistes no puguin ser atractives). Qui havia de dir que el teu cervell tan ben ensinistrat emmalaltiria greument. Després de la primera ressonància magnètica, el metge et va dir que la teva expectativa de vida era d'uns dos mesos. Ja han passat set setmanes.

T'enraono amb un escrúpol de pudor, em fa vergonya mirar-te. Com pots comprovar, segueixo les teves ensenyances i em fixo en les sensacions que m'assalten. També em vas ensenyar a tornar al present sempre que el cap se m'extraviï al passat o al futur o es dediqui a fer conjectures: el present de la teva casa blanca, de la finestra entreoberta, amb el so del vent obscur xiulant al defora, les onades trencant contra els penya-segats, el present de l'olor d'encens, la làmpara de paper blanc d'arròs, el termos de te verd per si em ve la son. Quan he entrat a l'habitació ja dormies (he ensopegat amb el tatami i ni t'has immutat), i quan me'n vagi continuaràs profundament adormida. Arribarà un moment en què es farà de dia i sentiré l'espetec d'alguna moto tornant del cap de Barbaria, l'illa infestada de ciclomotors, i aleshores em posaré les sabates, marxaré sense fer soroll, agafaré el primer vaixell cap a Eivissa i després l'avió cap a Barcelona, tot jo somnolent, incapaç de distingir el son de la vigília, perquè no hauré dormit ni cinc minuts. Ni vull ni puc adormir-me, tinc una tasca summament important a fer, tremolós com un metge el dia de l'estrena. La teva amiga Pema m'ha dit aquesta tarda: «És un exercici crucial. ¿Estàs preparat?». Jo me l'he quedat mirant, i no he gosat dir-li res. Dec haver estat, si fa o no fa, un minut badant a la finestra, amb la mirada perduda en la calma manyaga del mar; fins i tot he estat a punt de mossegar-me les ungles (no me les mossego des que era petit). «¿Que potser estàs nerviós?». Sí, estava nerviós, benvolguda Umiko; estava i estic nerviós; vulguis o no, carrego amb una gran pressió. «No et sentis pressionat», m'ha dit la teva amiga amb aquell seu aire atribolat, «però sàpigues que fa una setmana que estem dissenyant amb pèls i senyals l'exercici crucial d'aquesta nit, que tu faràs molt bé. Perquè a veure, tu ets la persona ideal. És que clar, ets un especialista de la veu. Sabràs crear la vibració adient. Per això t'hem escollit. I per una altra raó d'índole personal, que ara no ve al cas». I no he gosat rebatre-li, benvolguda Umiko, que potser hi ha hagut un malentès. Que sí que em guanyo la vida gràcies a la veu, però que sóc una persona normal (tot i que el qualificatiu de «normal» no sé gaire bé què vol dir), i que no tinc res d'esotèric, a diferència d'ella. M'ha preguntat: «¿Necessites alguna cosa per a la veu, abans de començar?». «¿Què vols dir?». «Si necessites beure alguna cosa calenta per a la gola, o fer algun exercici d'escalfament». Li he contestat que no, gràcies; tot estava bé, no necessitava res a banda d'una mica de temps per aclarir-me les idees. I com que al final no he disposat d'aquest temps —només he tingut una estona per preparar-me alguna de les coses que et recalcaria aquesta nit i matinada—, em sap greu dir-te, benvolguda Umiko, que m'hauré d'anar aclarint les idees a mesura que t'enraoni. O sigui, que et faré la transmissió en directe dels meus pensaments. T'hauré d'explicar, doncs, moltes coses que ja saps; espero que no m'ho tinguis en compte. Necessito entendre, a mesura que passi la nit, per què sóc aquí, per què estàs profundament adormida, quin sentit té exactament que t'estigui enraonant durant sis o set hores. Aquesta, la d'enraonar-te, és la primera part de l'exercici. De la segona part, la que la Pema anomena «l'acte de clausura de la nit», millor que no en parlem encara: m'atabalo només de pensar-hi.

No deu fer gaire que t'has estirat al futon. Abans d'entrar he anat al lavabo, hi he vist la tovallola humida i les espelmes que voltaven la banyera estaven tèbies, unes espelmes que confereixen al bany una atmosfera monàstica, tot i l'olor de llimona i el verd de la cera. Em sembla que l'olor de llimona estimula l'equilibri físic i mental, i que el verd correspon al quart xakra, el del cor, l'òrgan que marca el ritme de la vida i l'únic que no contrau càncer. De les parets blanques i nues de la casa i de la llum caient difusa sobre els pocs objectes n'emana un aire d'austeritat provisional. Igual que de les taques de corrosió en el mercuri del mirall del rebedor, de les cassoles de la cuina, lligades amb cordills a una escala, o de la llar de foc amb una escombreta condemnada a tenir una existència obagosa, perquè em reconeixeràs que és difícil —em sap molt de greu dir-ho—, és difícil que visquis fins a l'hivern. Amb tot, a simple vista no sembles una malalta de càncer devastada. Sona horrorós, això de «devastada», però així parlen els metges (sí, ja sé que els metges no són garantia de res); o no, m'equivoco, ells es refereixen a tu com una malalta *desahuciada*. Si el teu metge d'Eivissa et veiés ara mateix potser dubtaria del diagnòstic; no, per a ell només compten les ressonàncies magnètiques. Em continua fent cosa de mirar-te, benvolguda Umiko. Faig riure, assegut a la cadira, mirant-te de reüll. Sí, som amics, però mai hem estat en una cambra sols, i menys de nit, i menys a casa teva mentre dorms. Ben mirat, la nostra amistat sempre ha mantingut una certa distància, una distància elegant i sòbria de contenció en els gestos i les paraules, de respecte per l'espai i el temps de l'altre, no sé si a causa del teu tarannà japonès, o perquè vam començar essent professora i alumne. Com que d'això fa mig any tampoc es pot dir que la nostra sigui una amistat consolidada, o potser ni tan sols es pot dir que sigui una amistat, ja que després del curs tan sols ens hem vist un parell de vegades a Barcelona, quan hem quedat per dinar o prendre un te i hem acabat enraonant de la meva pràctica meditativa, de la postura del lotus que em continua fent mal —són massa anys de cadira— en doblegar les cames. Em va la mar de bé aquesta cadira, suposo que d'entrada volies que et parlés des d'aquí. No se'm fa estrany parlar per a una oient que no em mira, al capdavall em guanyo la vida més o menys així, però sí que em costa d'acceptar el fet que estiguis adormida, tot jo envaint la teva intimitat, encara que sigui amb el teu consentiment. I sobretot em costa d'acceptar que el teu cervell tan ben ensinistrat hagi emmalaltit greument;

sento llàstima, la sento literalment al pit, en forma d'opressió. Desviaré l'atenció, em fixaré en una altra cosa, en l'olor d'encens. L'olor aspra d'encens ja comença a omplir l'aire de l'estança (sort que la finestra està entreoberta). Encens Nag Champa, fabricat a Bangalore, un clàssic. Nag Champa, em vas dir, és el nom d'un arbre tropical asiàtic, amb una flor ataronjada i amb un pètal superior que sembla la caputxa d'una serp cobra. Tu veies aquesta flor al Japó, cada matí en despertar-te, durant el retir d'un any i mig que vas fer en aquell monestir zen abans de venir a Formentera. Hauria de vèncer l'escrúpol de pudor i observar-te. És un escrúpol de pudor semblant al que he tingut aquest matí a la platja, quan estava fent temps per quedar amb la teva amiga Pema, si bé aleshores no sabia que es deia Pema, ni que vindria en comptes de tu a donar-me les instruccions d'aquesta nit, juntament amb el dietari de cobertes negres del qual et prometo que en llegiré alguns fragments. Doncs el que et deia: em sentia relaxat, a la platja, a desgrat de la incertesa d'aquesta nit. El viatge ha estat d'allò més agradable, amb la pluja, el cel baix, el tamborineig de les gotes sobre el fustam del vaixell. Aquí no plovia, des del vaixell s'albirava l'illa sota un cel clar i net, amb els matolls, les argelagues i les savines d'escorça cendrosa damunt els turons pedregosos (quina illa més àrida i rocosa). M'estic desviant de l'escrúpol de pudor: estava estirat a la sorra, sol a la cala, mig endormiscat per la pesadesa de l'aire, llegint el llibre de meditacions de Tulku Thondup que et volia regalar, quan ha aparegut una noia. Estava llegint que, segons Thondup, quan estem malalts hem d'observar mentalment el nostre front, entre les celles, i fixar-nos en una cèl·lula de llum d'entre els milers de milions, i aleshores, amb la imaginació, penetrem en aquesta cèl·lula com si entréssim en una habitació i la recorrem i notem que no solament és tan immensa com l'espai exterior, sinó que és plena d'energies guaridores —estava llegint aquest fragment del llibre de Thondup quan ha arribat una noia a pocs metres d'on em trobava i s'ha començat a treure la roba. Thondup, per cert, escriu que el malalt no s'hauria d'obsessionar mai amb les expectatives sobre el que hauria de passar després de la meditació, que el fet d'aferrar-se als resultats acaba convertint-se en un torniquet que ens constreny les energies físiques i mentals, de manera que si estem malalts i utilitzem la meditació per guarir-nos no ens hauríem d'imposar límits mentals en el temps com fóra pensar «m'hauria de curar en tal data». Tot el contrari del que pretens, Umiko. Tu et vols curar aquesta nit. Bé que, és clar, hi ha un matís intel·ligent en les teves intencions: no creus que la guarició estigui del tot a les teves mans, cosa que t'estressaria, ni penses que res depèn de tu, cosa que et sumiria en la impotència. La noia que ha arribat a la platja ha deixat l'utillatge i el casc damunt la sorra, ha llançat les xancletes, s'ha desempallegat de la samarreta, dels sostenidors del biquini, dels pantalons verd militar, uns pantalons que s'ha tret amb parsimònia, i ha estat aleshores, veient la morositat sinuosa amb què anava ensenyant les formes ben fetes i la part inferior del biquini, la qual també s'ha tret, deixant entreveure un séc, ha estat aleshores quan m'he preguntat si era moralment lícit observar aquella mena d'estriptís involuntari, i he sentit un escrúpol de pudor semblant al que tinc ara. La noia devia ser conscient que els meus ulls ociosos la podien estar observant —entre Thondup i la noia, els ulls s'han quedat amb la noia—, per molt que a Formentera el nudisme estigui a l'ordre del dia, si bé aquella no era una platja nudista. De seguida he mirat al mar, com esperant alguna mena d'indicació, però després de la darrera llevantada el mar era llis, impàvidament blau, i d'una indiferència total. Quan he entrat a l'habitació, en veure't així, la meva memòria emocional ha connectat amb la sensació d'aquest matí: d'entrada m'ha costat entendre't. No m'ha sorprès que dormissis cap per amunt, els llavis entreoberts, un braç recolzat al coixí, una postura alegre, la mateixa postura que deus tenir a la platja prenent el sol, amb l'aixella al descobert, ben depilada, a desgrat que en aquesta illa hi continuen estant de moda les aixelles selvàtiques, probablement perquè encara hi queden molts neohippies que han vingut des de l'altra punta de món per retrobar-se a si mateixos (o potser no tens l'aixella ben depilada, potser no hi tens pèl). En qualsevol cas, dorms totalment despullada. Tu sí que no tens cap mena de pudor —tot i que en el teu estat l'últim que es deu tenir és pudor— a l'hora de mostrar el cos tibant, amb la pell blanca, d'una blancor de llet condensada, i uns pits de dolça turgència que qualsevol espectador casual trobaria d'allò més mòrbids. En certa manera, jo sóc un espectador casual. Quan t'he volgut tapar, en tota l'habitació no hi he trobat ni un sol llençol.

Pel que fa al teu propòsit, m'agradaria que sabessis que he vingut sense l'escepticisme que m'envaïa una setmana enrere. He vingut convençut que et podia ajudar (sincerament, em pensava que estaries desperta i que l'ajut consistiria a llegir-te algun text com el de Thondup o, com a molt, a recitar-te algun mantra), però llavors he vist la Pema, hem anat a casa seva, m'ha dit exactament què hauria de fer aquesta nit i de nou m'han assaltat els dubtes, especialment quan m'ha explicat, avergonyida, la segona part de l'exercici, durant la matinada, l'anomenat acte de clausura. Al capdavall, la primera part, la que ja he començat de dur a terme —parlar i parlar— no és res de l'altre món. Si exceptuem, esclar, el fet que estiguis adormida i despullada. Bé, tornant al que et deia, el cas és que he vingut a l'illa amb menys escepticisme del que tenia fa una setmana, perquè els últims dies he fet una modesta investigació periodística que m'ha demostrat que som uns analfabets pel que fa a les possibilitats d'autocuració. Quan el cap de setmana passat vaig llegir el teu primer correu electrònic, un correu sobri, ben escrit, sense els signes d'admiració obligats a internet —és admirable com en tan sols dos anys vivint aquí domines la llengua del país com per haver escrit aquell correu—, en què m'informaves del diagnòstic fatal i em deies que estaves raonablement bé, duent a terme «un treball personal», quan vaig llegir aquell correu, mentre experimentava indignació i tristesa i una sensació d'injustícia —en un racó de l'inconscient hi duem gravat que la vida ha de ser justa, que una noia de vint-i-vuit anys no pot emmalaltir ni morir—, el primer que vaig decidir és que investigaria sobre la malaltia i les teves intencions. Deformació professional, suposo. Pel que fa a la malaltia, el càncer anomenat glioblastoma multiforme, vaig esbrinar que és el tumor del cervell primari més habitual i que la perspectiva dels malalts és pobra: a mesura que s'apropa la mort deixen de veure-hi, de sentir-hi, de caminar, de controlar els esfínters. Algun efecte et deu haver fet el teu «treball personal», perquè de moment només —és un dir— has tingut marejos i maldecaps. Aquesta setmana he descobert que hi ha força malalts com tu, que tampoc es resignen: quan els metges els han assegurat que com a molt viuran uns mesos, que l'únic que els poden oferir és millorar la qualitat del seu dia a dia, busquen solucions alternatives a la medicina tradicional. El resultat sol ser que el tumor segueix creixent.

Fa una setmana jo parlava de casualitats, ara parlo de sincronies. Resulta que fa tres o quatre mesos el meu oncle, de seixanta-set anys, un home culte, amb una biblioteca de quinze mil volums en català, castellà, francès, anglès, italià i alemany, llengües que dominava a la perfecció, de sobte va caure a terra i en recuperar el coneixement, a mesura que intentava parlar o llegir, es va anar adonant que s'havia quedat sense una part de la seva prodigiosa memòria: la causa, un tumor al cervell. En algun moment de la meva consternació vaig pensar que era lògic que el seu cervell hagués emmalaltit, havent-lo omplert com l'havia omplert de tants conceptes. Quant als tumors, l'únic que jo sabia era per l'escriptor Baltasar Porcel, que en va patir un —un limfoma—, i, com ell declarava, l'havia vençut. Un neurocirurgià de l'hospital Clínic li va serrar el crani. «Tenia el limfoma enganxat a la part dreta de la closca», em va dir, «i me l'han netejat». Al cap de pocs mesos, Porcel, amb l'única seqüela d'una cicatriu i una cella molt alçada, rebia tota mena d'homenatges, se'l distingia amb la medalla d'or de l'Ajuntament de Barcelona, se celebraven simposis en honor seu a Catalunya i a Mallorca, i els mateixos polítics que abans el criticaven i fins i tot li qüestionaven les despeses en taxis quan dirigia l'Institut Català de la Mediterrània, ara no només l'invitaven a tancar la fira del llibre de Frankfurt en nom del país, sinó que potenciaven la seva candidatura al Nobel. Em revé a la memòria l'última nit que el vaig veure abans no li diagnostiquessin el càncer. Sopàvem amb uns amics, i ens havia explicat que feia dies que se sentia més cansat del compte i que hi veia malament (l'oculista li havia assegurat que estava bé de la vista, i al cap de pocs dies tenia hora amb el neuròleg). Porcel, que jo sempre havia vist menjar i parlar alhora amb una fúria incontenible, com si dins el seu cos hi tingués lloc algun fenomen biològic que el nodria d'idees, ara mastegava el salmó amb patata sense esma, amb la parsimònia d'un remugant.

Quan vaig saber que el meu oncle estava malalt —enmig de proves i més proves: els metges d'avui dia volent-se curar en salut, sense tenir en compte la salut emocional del pacient—, li vaig trucar: em va fer una breu crònica de la caiguda però de seguida va canviar de tema, com si trobés de mala educació parlar d'ell. Amb una veu jovial em va dir que havia vist la meva foto al costat d'un article en un dels diaris on col·laboro, una foto nova, on ara jo apareixia amb barret (un barret de palla). L'estiu passat vam estar amb la Carlota voltant per illes del Mediterrani, em va fer fotos agradoses —pel paisatge de fons— i a la tornada vaig pensar que estaria bé sortir al diari amb barret: així potser algú et llegirà, em vaig dir. El meu oncle hi entén molt, en barrets, i en porta sempre. «M'ha fet molta il·lusió que m'imitessis. Doncs sàpigues que te n'he comprat un, i que te'l regalaré quan ens vegem». Al cap d'uns dies el vaig anar a visitar a l'hospital Josep Trueta de Girona, amb el tumor diagnosticat del tot i els metges dubtant si l'enviaven al Clínic perquè l'operessin (el metge que ho havia de decidir es trobava de viatge a Nova York; tothom esperant que el metge tornés, mentre el tumor no devia parar de créixer). Tan bon punt em va veure, aquell home, que és el més semblant que he conegut mai a un gentleman britànic, un home no només llegit sinó molt viatjat, bon gourmet, economista, assessor de grans bancs, i, sobretot, un home contingut en l'expressió dels afectes, tan bon punt em va veure em va abraçar i es va posar a plorar. «Estic perdent la memòria», va exclamar, eixugant-se les llàgrimes amb un mocador que duia brodades les seves inicials. I va afegir: «Crec que he perdut uns cinc anys de memòria». Res a veure amb un malalt d'Alzheimer: reconeixia les cares perfectament. Però no recordava que els últims anys la seva filla havia obert un restaurant amb èxit, i que el seu fill s'havia llicenciat en dues carreres, cosa que l'havia alegrat enormement quan se n'havia assabentat, de nou, el dia abans. Li vaig dir, per tal de contagiar-li positivitat: «Sort que tens aquests fills tan esplèndids per arribar fins allà on no arribi la teva memòria». En un altre moment també li vaig dir, per mirar de treure ferro a la situació, que en part era una sort, perdre una mica de memòria (aquí segurament em vaig passar): «Així, com va escriure no sé quin filòsof, seràs un viatger amb menys equipatge». Va riure, i va comentar que ell s'ocuparia d'omplir aquells cinc anys de buit a partir de les fotos i papers que trobés per casa. El dia abans, amb en Jordi, el seu fill, havia estat recitant els noms dels protagonistes de *La muntanya màgica*, i havia sentit una gran alegria en constatar que se'n recordava de tots; aquella mateixa tarda, tan bon punt li haguessin fet una nova ressonància magnètica, rellegiria Mark Twain en anglès. Estava nerviós, ple d'aquella energia dels malalts que s'assembla a la il·lusió, una il·lusió que s'assembla a l'esperança. Se li notava el pols bategant sota la pell. Duia una bata blanca que li deixava al descobert l'esquena i els calçotets, com si a l'hospital estigués prohibit el dret a la intimitat. Durant l'estona que vam estar a l'habitació de l'hospital, amb ell i el meu pare, el seu germà —que dissimulava com podia els ulls aquosos—, vaig arribar a dubtar de l'abast de les seves lesions: de si realment li havien afectat un període de cinc anys de memòria, com ell deia, o més. Se'm feia estrany que el cervell pogués ser tan precís a l'hora d'esborrar els records, boirosos com els somnis, i fer un tall exacte a la frontera dels cinc anys. Però si d'alguna cosa vaig dubtar va ser de parlar-li del barret, el barret que m'havia comprat, ja que em feia por que no recordés la promesa de regalar-me'l, una promesa feta només deu dies abans, un moment recent que teòricament la seva memòria no hauria d'haver esborrat. Al final vaig optar per una pregunta ambigua:

—¿Algun dia me'n regalaràs un? —li vaig preguntar, assenyalant el seu barret de feltre de Verona penjat a la cadira.

—Oh, i tant! A casa tinc els que vulguis —se'm va quedar mirant uns segons, i després va reblar, seriós—: ¿N'has portat mai, de barret?

Quan vaig rebre el teu correu, Umiko, no vaig dubtar que faria tot el que estigués al meu abast per tal d'ajudar-te, si bé t'hauria ajudat igualment sense la malaltia del meu oncle. No cal que et digui que l'email em va deixar glaçat. T'havien diagnosticat el tumor després de forts vertígens que al principi el metge de capçalera va atribuir a l'oïda interna o a les cervicals i el teu acupuntor a l'angoixa, però tan bon punt vas saber el diagnòstic fatal, després de sol·licitar una segona opinió mèdica —la d'aquell metge d'Eivissa que et va arribar a dir que com a molt et quedaven dos mesos de vida—, et vas buscar la vida recorrent a un tipus de medicina que amb prou feines es pot qualificar d'alternativa. Quant a l'expectativa de vida «feta per un metge irresponsable», no en volies fer cas, em vas dir, perquè si en feies cas de ben segur que la profecia s'acompliria. Doncs sàpigues que t'he dut un retall de diari, fruit de la meva modesta investigació periodística, amb un cas que t'interessarà. Te'l volia donar a mà, juntament amb els altres retalls de la carpeta; quan me'n vagi te'ls deixaré al costat del futon. Abans, te'n llegiré alguns fragments. Com t'he comentat, aquest vespre, a casa de la Pema, m'he preparat una mica el que et diria, talment com si hagués de fer un programa de ràdio de sis o set hores —no res, porto alguns apunts—, perquè segurament és veritat que la millor improvisació és una improvisació preparada. El retall informa del cas protagonitzat per un metge de Nashville anomenat Clifton Meador, el qual l'any 1974 va tractar un pacient, un venedor de sabates jubilat amb càncer d'esòfag, malgrat saber, com tothom de l'entorn del malalt, que la curació era impossible (aleshores el càncer d'esòfag es considerava letal). Per consegüent, a ningú no va sorprendre que unes setmanes després el venedor de sabates jubilat morís. Amb tot, la sorpresa va arribar durant l'autòpsia: amb prou feines es van trobar restes del càncer. Tan sols unes lleus taques, insuficients per haver-lo matat. Uns anys després el Dr. Meador va declarar a la televisió en un reportatge sobre el cas: «Està clar que no va morir de càncer», i es preguntava, amb to de clar penediment: «¿De què va morir? ¿Va morir perquè creia que moriria? Jo creia que tenia càncer. Ell creia que tenia càncer. Tot el seu entorn creia que tenia càncer. ¿Li vaig robar l'esperança d'alguna forma?». Doncs com et deia, Umiko, he trobat força casos de malalts que pensen com tu i que no es dobleguen a l'expectativa de vida anunciada pels metges (si bé no els acostumen a titllar d'irresponsables). Recordo que a l'email hi afegies que vivim una mitjana de setanta o vuitanta anys perquè això és el que ens hem dit a nosaltres mateixos tota la vida i el que ens ha repetit la societat, l'esperança de vida que flota en l'inconscient col·lectiu, «però si et dius i la societat et diu, o el metge en nom seu et diu, que et queden dos mesos de vida, viuràs dos mesos». Continuaves la teva severa crítica als metges: lamentaves que no s'atreveixin a proclamar que la ment i el cos són el mateix. La medicina actual, afirmaves, només creu en l'energia de la persona quan es manifesta en el cos físic, en forma de malaltia. Tanmateix la física quàntica, les biomatemàtiques, i la tecnologia, a través de les imatges cerebrals, de la percepció de neurotransmissors, han demostrat, deies —ho tinc ben apuntat—, que en el món de l'energia subatòmica ment i cos són el mateix, la mateixa vibració. «Una vibració que nosaltres podem alterar o harmonitzar». Del teu següent correu electrònic em va semblar entendre que jo et podia ajudar, mitjançant la veu, a harmonitzar aquesta vibració. Les paraules són guaridores, em vas dir; la veu és energia. I jo que em guanyava la vida parlant, i que a més tenia coneixements de meditació —gràcies a tu; mai no t'ho agrairé prou—, et podia ajudar en el teu treball personal. I això és el que estic fent, parlar com si estigués meditant, amb atenció plena a totes i cadascuna de les paraules. Tot i que de moment, si t'he de ser sincer, a banda de dir-te coses que ja saps però que necessito dir per tal d'aclarir-me les idees, de moment no tinc la sensació d'estar-te ajudant.

La qüestió d'harmonitzar les vibracions em recorda un curs d'introducció al txi-kung que fa uns anys vaig fer a la Casa Àsia, un matí de gener molt fred, animat per una nòvia una mica new age com tu. Al curs no em van sorprendre les postures ondulants que vam fer, les espatlles rectíssimes, els peus paral·lels com vies de tren, i al final una cama aixecada com una Mantis religiosa mentre bellugàvem els braços com si nedéssim (havia vist aquelles postures en fotografies i vídeos: centenars d'avis xinesos a primera hora del matí damunt la gespa i a prop dels arbres mantenint una tradició que s'havia conservat malgrat la repressió, però que ara s'estava perdent a causa de l'occidentalització de les noves generacions); em va deixar parat que a pesar de la màniga curta i els shorts i la temperatura sota zero no vaig tenir fred. I això que durant gairebé mitja hora, abans de col·locar les cames com una Mantis religiosa, no em vaig moure ni un millímetre. El txi, l'energia bàsica, circulava pel cos tal com jo volia —tal com la professora volia— i m'escalfava. Vaig aprendre que el txi és l'energia més pura que recorre el cos i permet el dinamisme de qualsevol ésser viu (en la nostra llengua no només no hi ha traducció per a aquesta paraula, sinó que ni tan sols existeix el concepte). Del teu correu jo en deduïa que intentaries modular aquesta energia o vibració. A través de la meditació —i del meu ajut, aquesta nit; quina responsabilitat—, intentaries harmonitzar les energies emocionals, mentals i físiques. El txi circulant pels meridians, sense bloquejos. Si ho he entès bé, a banda de la teva dieta vegetariana rica en cereals integrals, llegums, fruita, verdures fresques i biològiques, a banda de prendre't suplements antioxidants i reforçants del sistema immunològic com pròpolis, el fong xiitake i l'ungla de gat, a banda de respirar l'aire pur de l'illa, fer exercici moderat i omplir els xakres de llum solar, has intensificat les meditacions per tal que el txi circuli de nou amb fluïdesa. Però ara acompanyes la meditació de visualitzacions. A través de les visualitzacions pretens transmetre a les teves cèl·lules «imatges tenyides emocionalment»: inspirant-te en el color verd de la tara verda, «una buda que té la capacitat d'eliminar obstacles i malalties», veus un raig de llum que t'entra per la coroneta en direcció al cervell, a la zona del tumor que tens perfectament identificada, i aquest raig verd imaginat —si bé tu el veus com si fos real— va cremant o desfent el tumor. T'agrada més pensar que el desfà, perquè no vols percebre el càncer com un enemic que s'ha de combatre sinó com una màscara que amaga temporalment la salut, unes cèl·lules que van a la seva. «Sé que et semblarà molt agosarat», em deies al correu electrònic, «però el propòsit del meu treball és aconseguir curar-me a mi mateixa. El que els metges anomenen una remissió espontània».

No em va semblar agosarat: em va semblar impossible. Amb tot, quan vaig acabar de llegir-ho el primer que vaig pensar va ser: no jutgis. Fes el que fas a la ràdio amb els oients o convidats que t'expliquen teories extravagants, o sigui, no jutjar. Tan sols escoltar i acompanyar. Acompanyar per arribar fins on l'oient vol arribar i, en el cas d'un entrevistat, per arribar fins on vols arribar tu, cosa que s'aconsegueix amb subtilesa, fent que l'altre s'obri a poc a poc, sense actuar com un fiscal ni un jutge. Sis mesos enrere m'havies ensenyat que escoltem i mentrestant la nostra veu interior va jutjant, fent comentaris, fent comparacions amb allò que ja hem viscut, de manera que el nostre pensament esdevé una cambra tancada amb l'aire viciat, respirat i tornat a respirar: estem davant d'una persona i no veiem la persona, sinó allò que pensem sobre la persona. No jutgis, vaig pensar. La Umiko està passant per un tràngol, segurament el pitjor tràngol pel qual pot passar un ésser humà —després de la pèrdua d'un fill—, o sigui, tenir la vida amb data de caducitat fixada —però tots la hi tenim—, i tu en el seu lloc faries el mateix, no llançaries la tovallola i probablement t'autoenganyaries imaginant que et pots curar. A més, hi havia la qüestió dels manuals d'autoajuda. Mai no t'ho he dit per respecte, en veure que aquesta mena de llibres ocupen alguns prestatges del teu estudi, i perquè al Japó, abans de tancar-te al monestir zen, et guanyaves la vida traduint-los de l'anglès, aprofitant que allà es començaven a posar de moda —mai no t'ho he dit, però jo sentia una gran desconfiança envers els manuals d'autoajuda. Em feien venir urticària els titulars grans i els arguments minúsculs, el to solemne i la vacuïtat celestial, les solucions definitives i les respostes prefabricades talment com ideologies. Sempre m'han fet por les persones molt convençudes d'alguna cosa. Malgrat això, m'he passat l'última setmana llegint manuals d'autoajuda; per ajudar-te, i en segon lloc per curiositat o deformació professional, que ve a ser el mateix. El motor de la meva investigació periodística, de la qual ara et parlaré, tot i que només te'n faré cinc cèntims per tal d'evitar semblar un guionista de la sèrie *House*, per bé que una mica ho semblaré, el motor de la investigació ha estat una pregunta que mai se m'hauria acudit de plantejar a la ràdio, perquè hauria sulfurat la més que conservadora comunitat mèdica i m'haurien acusat de divulgar teories sense cap fonament científic. Sempre que entrevisto oncòlegs, un cop s'han esplaiat sobre temes obligats com la importància de les mamografies o l'ús terapèutic de la marihuana, arriba un moment en què els pregunto quina és la millor actitud per fer front al càncer, i tots els metges responen que «una actitud positiva hi ajuda» i prou, i callen, deixant un silenci espès i mantegós a l'espera que els faci la següent pregunta. Després, a micròfon tancat, em solen dir que han callat per cautela, perquè ni ells ni jo podem transmetre la idea «falsa» que si la gent s'autoenganya es curarà. La pregunta que m'ha fet anar de corcoll —quan te la vaig fer em vas respondre que, efectivament, això és el que et proposaves—, la pregunta que té un deix d'anunci a la pàgina esquerra d'una revista esotèrica és la següent: ¿un malalt es pot curar a si mateix amb la ment?

Si la meva dona sabés que t'estic parlant mentre dorms, diria que m'he begut l'enteniment. Si sabés que a més estàs despullada, em temo que no reaccionaria gaire bé. Com que la malaltia és un lloc a part, mai no sabem què queda justificat en el seu nom i què no. La Carlota només sap que t'estic parlant, fent com si diguéssim un programa de ràdio per a una sola oient (això és el que em pensava jo que venia a fer abans de trobar-me amb la Pema; crec que ja t'ho he dit). La Carlota es deu imaginar que estem tranquil·lament prenent un te a baix, a la sala on imparteixes les classes de meditació i que, com la resta de la casa, amb prou feines ha enregistrat la teva presència suau. La Carlota es deu imaginar que fa hores que parlo, la teva mirada perduda en la finestra i en la llum del mar blava verdosa, fins que els perfils dels objectes s'han fet grisencs, borrosos, i hem dit que hauríem d'anar acabant. No s'imagina que dorms, que de moment gairebé no t'has bellugat, i que jo estic assegut a la cadira fent un monòleg per al teu inconscient. La Pema m'ha dit que en el fons jo parlaria al teu inconscient: m'agradaria saber si capta el que li dic o bé la manera com li ho dic, la música, diguem-ne. Segons la Pema els rituals són la millor forma de connectar amb l'inconscient, i per això m'ha proposat un ritual dividit en dues parts. Ara representa que estic duent a terme la primera, i just al final de la nit o matinada hauria d'executar la segona, el maleït acte de clausura: t'avanço que no em fa cap gràcia.

De moment vaig parlant, tot jo encara tremolós, com un assistent no iniciat en una cerimònia. Se'm fa estrany no veure't els ulls: quan et vaig conèixer ara fa mig any, en aquell teatre de Sant Francesc que tan aviat feu servir de cinema com de sala de conferències, em va meravellar la teva mirada adhesiva. Una mirada d'ulls límpids i divertits literalment clavada en mi durant tota la xerrada; de les deu o dotze persones del públic vas ser qui em va escoltar amb més atenció. Ara sé que se'n diu atenció conscient: escoltar amb tots els sentits, el diàleg interior silenciat, sense pensar ni fer associacions d'idees mentre l'altre parla. La gent que heu fet anys de meditació teniu una gran càrrega d'energia disponible per mirar. Duies un vestit vermell i unes espardenyes blanques que t'havies anat posant i traient, com fent-te un massatge als dits dels peus. Quan després de la xerrada em vas venir a saludar, els teus ulls em miraven amb una fixesa eufòrica, gairebé consumits pel plaer del moment. Et farà gràcia saber que vaig pensar: aquesta noia s'ha fumat un porro. També vaig pensar que tenies la cara d'una monja budista, en el sentit que en les teves faccions pàl·lides i fines no hi havia gens de tensió, com si els músculs facials de l'assossec, molt desenvolupats, haguessin impedit no només la formació d'arrugues en la pell, sinó d'aquelles expressions involuntàries que se'ns queden gravades a la cara i que no són res més que un resum de les actituds amb què hem encarat la vida. La teva cara informava l'interlocutor que l'actitud predominant havia estat la serenor, si és que la serenor és una actitud. El presentador de l'acte, al meu costat, no parava de repassar-te de dalt a baix. No sé si estaràs d'acord amb mi que avui dia la majoria de mirades dels homes són arrasades, desproveïdes d'aventura i d'imponderable, però que al mateix temps, quan detecten una dona de bon veure, són més descarades que mai. Jo, és clar, també sóc home, i tot i que de vegades m'enfronto a situacions difícils intento domesticar la mirada. Aquest matí la noia de la platja l'he mirada parapetat rere el llibre —o sigui, he fet el préssec—, i a tu fins fa pocs instants t'he mirat de cua d'ull. Et deia, doncs, que em vas venir a saludar però que no em vas comentar res de la xerrada —no, no t'ho deia; t'ho dic ara—, una xerrada que no va anar malament del tot, a pesar de la meva timidesa a l'hora de parlar en públic (vull dir davant uns ulls que m'escruten), i a pesar del tema, l'actualitat, o, més ben dit, la sensació creixent que l'actualitat no connecta amb la vida. Allò amb què els periodistes saturem l'atmosfera i retransmetem de manera febrosenca i amb tota mena de detalls sense pes, acompanyats de la xerrameca d'analistes i comunicadors sense res per comunicar, té poc a veure amb la vida. La realitat només interessa si és entretinguda, vaig dir; cal recuperar la realitat, treure-la de la brossa. Hi va haver aplaudiments, em vau venir a saludar alguns oients. Em vas dir, amb el teu accent udoladís: «Cada nit m'adormo amb tu». Et confesso que temps enrere, quan algú em deia que cada nit s'adormia amb mi, no sabia com reaccionar. No sabia si prendre-m'ho com un afalac o una crítica a la meva veu tal vegada somnolent. Malgrat tot, amb els anys vaig anar constatant que la majoria de persones que m'ho deien eren dones, i que m'ho deien amb un somriure pervers als llavis i el marit al costat. «Celebro ser avorrit i fer-te venir son», et vaig respondre, i vam riure. Em vas dir que allò que t'agradava més no era el programa en si mateix, que no t'interessaven els temes de què enraonàvem; una noia sincera, vaig pensar. «Al Japó no acostumem a parlar de política». Et vaig respondre: «Senyal que el país funciona». T'agradaven els blancs que jo deixava per antena, entre frase i frase, i de vegades entre paraula i paraula. Abans d'acomiadar-nos em vas dir: «Sàpigues que durant els silencis que fas, potser sense ser-ne conscient, és molt probable que estiguis fent meditació». Tu eres professora de meditació, i quan jo ho volgués estava convidat a un curs intensiu.

Va ser així, gràcies a tu, com vaig començar a meditar. Va ser així com vaig intentar anar més enllà del pensament, transcendir-lo. Va ser així com vaig descobrir que meditar no és una experiència a part ni tancada en si mateixa, i que no té res a veure amb l'origen de la paraula en llatí, en el sentit de donar voltes a alguna cosa. Meditar és una forma de percebre la realitat, tot el contrari del que acostumem a fer, segons he après de tu, Umiko, i del que he estudiat durant el mig any que ha transcorregut des d'aleshores: anem per la vida pensant la realitat, i observant allò que en pensem. Des de la il·lustració hem hipertrofiat les ments carregant-les d'idees, paraules, conceptes: viatgem a una ciutat i no veiem una ciutat sinó tot el que hem vist i llegit i fantasiejat abans sobre la ciutat. Enraonem amb algú i no percebem aquest algú, sinó el nostre monòleg interior que va jutjant aquest algú (però això ja t'ho he dit, i a més ho saps de sobres). Quan l'endemà li vaig explicar a la Carlota la invitació de qui aleshores era una desconeguda, una japonesa que feia dos anys que vivia a l'illa, la meva dona va fer mitja rialla, es va preguntar retòricament «què caram hi fa una japonesa a Formentera», i em va dir amb una sornegueria irònica: «les teves oients ja no saben com tirar-te els trastos». No et sàpiga greu; la Carlota creu que jo suscito en les altres dones el mateix interès que en ella, i res més lluny de la veritat. A més la ràdio no és la televisió, la gent no ens va tirant els trastos, encara que s'estableixi una mena de lligam entre l'oient i el locutor. Una veu sentida una nit rere una altra, probablement al llit, per força ha de causar algun efecte en aquell qui l'escolta, i més quan la veu transmet com si diguéssim l'essència de la persona —algú ha dit l'ànima—, i més quan el to és nocturn, gairebé a cau d'orella. Afortunadament jo no era famós, però sí que havia rebut alguns emails d'admiradores: de tant en tant una oient em volia conèixer, alguna exagerada afirmava no poder dormir si no escoltava el meu programa, i fins i tot s'havia donat el cas d'alguna noia que assegurava masturbar-se mentre em sentia. També havia rebut l'email d'una àvia suposadament milionària, escrit per la seva secretària, en què m'anunciava que si jo hi donava el vistiplau em faria hereu de la seva fortuna perquè la meva veu li mereixia «confiança». Vaig rebutjar amablement l'oferta, al·legant que ni jo mateix confiava en la meva veu. Aquelles mostres d'afecte tenien poc a veure amb mi, i molt amb la fantasia de les oients. Tanmateix, li vaig dir a la Carlota, aquesta noia anomenada Umiko no va tan lluny; em convida a un curs intensiu de meditació, igual que alguns ajuntaments em conviden a la festa major o a l'Aplec del Cargol. Al final vaig acceptar la teva invitació: tenia ganes d'aprofundir en la pau que havia experimentat durant els silencis de la ràdio. Vindria al cap d'unes setmanes, aprofitant un pont de quatre dies en què la meva dona marxaria a la Catalunya Nord a una excursió amb els seus alumnes. El primer dia del curs, al vespre, vaig trucar a la Carlota des de la pensió per fer-li un resum de com havia anat la meva estrena com a meditador. Quan li vaig dir que l'endemà continuaríem la meditació però sols, la professora Umiko i jo sols, perquè la resta d'alumnes vivien a Formentera i no tenia sentit que ells fessin un curs intensiu podent-hi anar cada setmana —hi tornarien el següent cap de setmana i l'altre—, la meva dona em va respondre: «Rectifico el que et vaig dir. Les teves oients sí que saben com tirar-te els trastos».

La curació a través de la ment. Tant de bo els meus apunts et donin ànims. Vaig començar les investigacions a internet, però de seguida vaig tancar l'ordinador perquè allò semblava un circ, a veure qui la deia més grossa: cibernautes assegurant que ja hi ha cura per al càncer però que no interessa divulgar-la ni als polítics ni a les farmacèutiques; molts blogs sobre l'origen kàrmic del càncer, teoria segons la qual el mateix esperit s'encarna en un cos predisposat a tenir aquesta malaltia per aprendre les lliçons pendents (no m'estranyaria que els monjos del monestir zen on vas estar creguin el mateix); webs que asseveren que tots els càncers provenen d'un paràsit que s'allotja als intestins i que es pot matar amb un aparell elèctric que venen contra reemborsament; i suposats terapeutes que recepten els tractaments amb verí de serp o d'escorpí blau, prendre el sol despullats, i el remei «infal·lible» de beure's la pròpia orina. Vaig aixecar-me de la taula amb la sensació que internet és una barra de bar a les dues de la matinada amb un nivell d'ebrietat comuna. Vaig recórrer les meves llibreries habituals on, a desgrat de conèixer-me, quan els vaig dir el que buscava em van mirar amb un matís d'estupor. Me'n vaig anar a Excel·lence, la principal llibreria d'autoajuda de Barcelona, on vaig aprendre que la distinció entre manuals d'autoajuda i llibres seriosos ha quedat antiquada. L'encarregada de la llibreria, mentre em buscava algun títol sobre la curació a través de la ment com aquell qui busca un llibre de Baltasar Porcel —en tenien a l'aparador—, em va dir que avui dia bona part dels llibres d'autors de prestigi agafen com a models els manuals d'autoajuda «que abans es feien per la patilla» i emulen no només el seu estil de titular o d'aconsellar, sinó els temes, uns temes que abans editors i autors consideraven cursis o massa transcendents, com la felicitat, i que ara són el pa de cada dia. De la decoració d'Excel·lence em van cridar l'atenció els sofàs de color rosa, i les afirmacions positives escampades pertot arreu, a llibretes, pòsters, llapis, i samarretes amb la frase impresa: «Cada dia genero miracles en el meu món meravellós». Val a dir que a les llibreries literàries també venen samarretes amb la sentència de Bartleby «Preferiria no fer-ho». Mentre vagarejava per la sala, intentant esquivar els obstacles i prejudicis que mentalment acumulava en el camí, pensant que allò era una fira a l'engròs de receptes d'individualitat, de milers de llibres que t'oferien la solució de tots els problemes sempre que et miressis el melic o fessis viatges d'autodescobriment, i mentre observava que la clientela estava formada únicament per dones —més tard he sabut que els homes també en comprem, de manuals d'autoajuda, però d'amagat—, em va cridar l'atenció un monitor en què apareixia un senyor venerable de barba llarga, cotonosa, polar. Enraonava deixant llargues pauses. Durant els silencis obria molt els ulls i els clavava en la buidor, tot ell expectant, vestit amb una túnica de guru. Potser esperava que el teleespectador sentís exactament el que ell devia sentir, tal vegada una pau semblant a la que jo experimentava a la ràdio quan ens vam conèixer, Umiko, durant els silencis pels quals m'havies felicitat. De sobte l'home reprenia el monòleg, parlant amb les mans a l'alçada de la barbeta, movent-les com si agafés un fil invisible: «L'alliberament es troba en l'interval entre dos pensaments. Si permets que els pensaments s'encadenin, al final aquesta cadena t'empresona». No em venia de nou. Tu ja m'ho havies ensenyat. Ell feia aquelles pauses per tal de contribuir a popularitzar la meditació a Occident. Es deia Osho, segons em va dir l'encarregada a la caixa mentre li pagava l'únic llibre que m'havia trobat (un llibre de Jean Shinoda Bolen del qual et porto força anotacions). Sense transició me'n vaig anar a la llibreria Epsilon on, a més de cedés de música relaxant i cartes del tarot i de vides passades, il·luminades per una bombeta que irradiava una llum polsosa, hi venien llibres d'autoajuda. Em va atendre una dependenta amable de pestanyes sutjoses i tatuatge al clotet del llombrígol que va aconseguir exactament el que jo buscava: manuals d'autoajuda d'autors una mica sòlids. En vaig comprar una dotzena, una ruïna. Impacient, els vaig començar a fullejar a la terrassa d'un bar del costat de la llibreria, al carrer Enric Granados, el mateix carrer, per cert, que el diari

Avui, just entremig —el bar— d'un prostíbul i d'una fruiteria que exhibia una col·lecció esplendorosa de pomes verdes, vermelles, i les pomes estel·lars de la temporada, les pomes reineta. Just quan vaig començar a llegir va passar per davant meu l'exdirector del diari *Avui*, Vicent Sanchis, qui després de mirar el llibre que tenia entre les mans, em va etzibar:

—Efectivament, si alguna cosa necessites és curar-te la ment. —Se'n va anar cap al diari rient.

Durant els dies següents, mentre devorava els llibres, saltant-me els capítols que feien referència als àngels, al perdó o la compassió, mentre escurçava les nits de son i llegia i rellegia m'anava repetint com si es tractés d'un mantra «llegeix i no jutgis». I paral·lelament, a mesura que apuntava tot el que volia que sabessis, un interrogant silent m'anava prenent forma a la rebotiga de la ment: ¿com pot ser que tot això em vingui tant de nou? No entenia com el discutible contingut d'aquells llibres no era objecte de debat públic, de polèmica, si calia, amb gent que hi argumentés a favor o en contra, en lloc de les polèmiques estèrils que potenciem els mitjans de comunicació. Però no m'hauria d'haver estranyat en una societat —això ho penso ara— en què l'homeopatia encara es veu amb ulls sospitosos, en què els metges no poden atendre un malalt ni deu minuts, o en què es continuen empastant els queixals amb amalgames de mercuri, prohibides a la majoria de països civilitzats, com el teu. Al marge d'això, o potser no tan al marge, també em va cridar l'atenció la lluita que molts dels autors dels llibres, com el matrimoni Borysenko i el matrimoni Simonton, van haver de mantenir en els seus contextos mèdics per tirar endavant les investigacions sobre la curació mitjançant la ment: els seus col·legues els menystenien, se'n reien, els feien la vida impossible. No era estrany que alguns dels autors dels llibres, malgrat que eren metges, parlessin de la medicina al·lopàtica com si fos una pràctica de tribus primitives, com si no hagués acumulat coneixements durant segles, com si els avenços científics no haguessin salvat milions de vides. Molts criticaven que se sotmeti el cos a quimioteràpia i radioteràpia per prevenir recaigudes i, en canvi, asseguraven que per evitar que el càncer reaparegui més agressiu en un altre punt s'hauria d'eliminar el patró mental que l'ha causat. Per haver fet aquest tipus d'afirmacions, alguns metges les han passat magres. No crec que sàpigues que el doctor alemany Ryke Geerd Hamer va gaudir de prestigi i reconeixement fins que el 18 d'agost de 1978, a Còrsega, en una festa celebrada en un vaixell, un aristòcrata italià, el príncep Albert de Savoia, va disparar, sense que se sàpiga per què, contra un desconegut que dormia a la coberta d'un vaixell proper: era Dirk Hamer, de 19 anys, fill del doctor Hamer. Va morir quatre mesos després. La tragèdia i el llarg procés d'investigació posterior van afectar tant la família que el doctor Hamer va generar un càncer de testicles i la seva dona va patir diferents càncers fins que va morir d'un infart. A partir d'aquí, el doctor Hamer va desenvolupar la seva teoria: «El càncer és un procés biològic que el cos posa en marxa quan la persona pateix un xoc traumàtic inesperat. Mentre dura el conflicte, el càncer s'estén. Però si el conflicte es resol, el mateix cos el fa desaparèixer; i, per tant, en molts casos, la millor manera de curar un càncer és actuar sobre el sistema psíquic i emocional». Per sostenir aquesta afirmació fins a les últimes conseqüències el van denunciar, i no pas una ni dues vegades. L'han perseguit judicialment durant més de dues dècades. El van inhabilitar. El van empresonar. Els seus col·legues van intentar ingressar-lo en un hospital psiquiàtric. El doctor Hamer ha curat molts malalts. De tota manera, Umiko, fins i tot els metges que defensen les seves teories discrepen d'ell en un punt: no tots els càncers tenen un origen psicològic o emocional o traumàtic.

Per començar, els llibres, que et resumeixo amb apunts i fotocòpies a la mà, per tal de ser precís, començaven criticant la distinció entre cos i ment o bé donant per sobreentès que cos i ment són un tot, a diferència del que afirmava Descartes, per a qui l'única font de coneixement era la ment. Per a tots aquells autors d'autoajuda el cos és el mirall de la consciència, fins al punt que si una cosa no rutlla en la nostra vida generarà tensió en una part del cos, i a la llarga aquesta part emmalaltirà. Em ve a la memòria l'escriptor Marcel Proust, el qual venia a dir, fent referència a la seva àvia malalta, que en la malaltia ens adonem que no vivim sols, sinó encadenats a un ésser d'un regne diferent, un ésser del qual ens separen abismes i que no ens coneix i que és impossible que ens entengui: el nostre cos. Els autors dels llibres asseguraven el contrari, o, més ben dit, asseguraven, si jo ho entenia bé, que no hi ha abismes entre nosaltres i el nostre cos, senzillament perquè el cos és una prolongació de la ment. Tanmateix, el doctor Andrew Weil, a *Sponta-*

neous Healing, reconeixia que els llibres d'autoajuda han generat als pacients un sentiment de responsabilitat cap a la malaltia, perquè els diuen que emmalalteixen a causa de determinats hàbits mentals, pel fet de no descarregar les emocions negatives, o per no dur una vida espiritual, «i aquest missatge crea una gran càrrega de culpabilitat. Sentir-se culpable de la malaltia, dir-se que un mateix s'ha causat el càncer és destructiu. De cap manera pot ajudar al sistema sanador». No obstant, el doctor Weil, que ha estat professor de medicina de la Universitat de Harvard, critica que per a la majoria de metges els casos de curació espontània siguin casos de curació espontània i res més. «No investiguen. No van més enllà. A un home amb els pulmons plens de tumors cancerosos se l'envia a casa a morir, després de dir-li que la medicina no pot fer res per ell. Sis mesos després reapareix a la consulta del metge, sense cap tumor. Una jove diabètica, molt fumadora, està inconscient a la unitat coronària després d'un greu infart. El seu metge, angoixat, veu la rapidesa amb què disminueix la funció cardíaca i es declara impotent per salvar-la. Però al matí següent la jove ha recuperat el coneixement i té ganes de parlar, clarament en vies de recuperació». Weil sosté que per a la majoria dels metges aquests casos no són res més que històries. Ni les analitzen ni les consideren fonts creïbles d'informació sobre la capacitat del cos de curar-se a si mateix. Per a Weil, «el cos pot curar-se a si mateix». «Fins i tot quan s'apliquen tractaments amb bons resultats, aquests bons resultats provenen de l'activació de mecanismes guaridors propis. Estic segur que els mecanismes de curació en els plans més complexos de l'organització biològica apareixeran quan els investigadors comencin a buscar-los».

El doctor Bruce H. Lipton afirma que les remissions espontànies es consideren desviacions inexplicables respecte a les versions establertes o, senzillament, diagnòstics erronis. «La ciència no té ni la menor idea de per què un gran nombre d'individus infectats amb la sida no manifesten la malaltia durant dècades. Més desconcertant és encara el nombre de pacients amb càncer terminal que han recuperat les seves vides després d'una remissió espontània». Segons ell, la raó per la qual la ment ha estat gairebé descartada en medicina és el resultat no només del seu dogmatisme, sinó de consideracions econòmiques. «Si la ment pot curar les malalties del cos, ¿per què hauríem de comprar medicaments?». Lipton denuncia que les companyies farmacèutiques tenen la intenció d'eliminar dels seus assajos clínics aquells pacients que milloren amb píndoles de sucre, gràcies a l'anomenat *efecte placebo*: «L'eficàcia de les píndoles de placebo suposa una amenaça per a les farmacèutiques. L'efecte placebo hauria de ser un tema d'estudi principal a les facultats mèdiques; en canvi, li resten importància. Si els investigadors arribessin a esbrinar com fer ús de l'efecte placebo, els metges disposarien d'una eina basada en l'energia pròpia, i sense efectes secundaris. Els guaridors energètics diuen que ja disposen d'aquestes eines, però jo sóc un científic. Com més descobreixi la ciència sobre l'efecte placebo, més oportunitats tindrem d'utilitzar-lo en les instal·lacions clíniques». El 2002, a la revista *Prevention and Treatment* de l'Associació Psicològica nord-americana, el professor Irving Kirsch va revelar que el vuitanta per cent dels efectes dels antidepressius descoberts als assajos clínics podien atribuir-se a l'efecte placebo; el 2008 es concloïa que una bona part de l'acció del Prozac és efecte placebo. Per a molts metges, l'efecte placebo és una altra forma d'anomenar l'acció de la ment. D'altres parlen de remissions espontànies, o de miracles (de miracles, en parlen sobretot els pacients). Un metge que no creia ni en l'efecte placebo, ni en l'acció de la ment, ni en els miracles era el doctor Bruce Moseley, que l'any 2002 va publicar a la revista *New England Journal of Medicine* un estudi de la Facultat Mèdica de Baylor en què s'avaluava l'eficàcia de la cirurgia en pacients amb dolors greus de genoll. «Tot bon cirurgià sap que en la cirurgia no existeix l'efecte placebo», va declarar abans de fer l'estudi. Intentaria d'esbrinar quina part de la cirurgia provocava la millora en els pacients. Va dividir els malalts en tres grups: en el primer va rebaixar el cartílag fet malbé; en el segon grup va netejar l'articulació del genoll per tal d'eliminar qualsevol material que pogués estar provocant la inflamació (ambdós tractaments constitueixen el tractament estàndard de l'artritis de genoll); i el tercer grup va rebre una «falsa cirurgia»: un cop el pacient estava sedat, el doctor Moseley feia les tres incisions de rigor i després parlava i actuava exactament com solia fer-ho durant les intervencions quirúrgiques reals, fins que, al cap de quaranta minuts, cosia les incisions com si de debò hagués dut a terme l'operació. El resultat va ser sorprenent. Tal com era d'esperar, els grups que es van sotmetre a una cirurgia real van millorar. Però el grup placebo va millorar tant com els altres.

—Tot és possible quan te'n convences —ha dit recentment al Discovery Health Channel un dels malalts d'aquest darrer grup, actualment jugador aficionat de bàsquet—. Sé que la ment pot fer miracles.

De vegades no cal res de l'altre món. Jean Shinoda Bolen sosté que actualment els metges t'envien a fer proves i més proves per curar-se en salut, perquè si alguna cosa surt malament no els denunciïs, i obliden que antigament el metge de capçalera, fent cas del seu ull clínic, et diagnosticava el mal i et deia «no et preocupis, tot anirà bé», i dient-te això ja t'estava curant una mica. Vaig llegir, Umiko, vuit estudis que diuen que les paraules ajuden a curar-nos (sempre que, dic jo, la persona que les escolta no estigui adormida). També ajuden a curar-nos les paraules que ens diem a nosaltres mateixos, com afirma Masaru Emoto. De fet, ja fa molts segles que els budistes afirmen que donar segons quin nom a la malaltia pot ser contraproduent per al malalt: la paraula *càncer* no ajuda. Juntament amb les paraules hi ha l'afecte: et deixaré un article d'un catedràtic de la Universitat Autònoma de Barcelona que es fa ressò del cas d'un malalt terminal ingressat a la unitat de cures pal·liatives, el qual un bon dia va dir al seu metge: «La dona que ve cada dia a netejar l'habitació és una mica estranya». «¿Què vol dir?», li va preguntar el metge. «Ve cada dia, però no neteja res». «Aleshores, ¿què fa?». «Simplement, s'asseu i em dóna la mà». Al cap d'uns dies l'avi abandonava la unitat de cures pal·liatives. Encara viu.

I acabo, benvolguda Umiko, aquesta petita dissertació que sembla un episodi de *House*, però sense el protagonista cínic ni la tecnologia desfasada (si la comparem amb les teves intencions). He vingut desitjant que la meva investigació et servís d'alguna cosa. Potser t'ajuda a alimentar l'esperança, no se sap mai, i l'esperança reforça el sistema immunològic. Bé, doncs tots els especialistes coincideixen que per generar una remissió espontània en primer lloc cal una resposta emocional positiva, o, dit d'una altra manera, l'esperança o convicció que és possible curar-se. Això es transmet al sistema immunològic, i aquest respon. Ho va demostrar científicament la doctora Candance Pert, codescobridora de les endorfines, i ho va explicar en un article publicat a *Journal of Immunology*: cada pensament afecta el sistema immunològic. Cada pensament allibera una substància química (tan sols un pensament ens pot fer posar vermells, o provocar una erecció). Cada pensament genera molècules informatives o neuropèptids, proteïnes sintetitzades al cervell que transmeten informació a la resta del cos. La majoria d'especialistes concloïen que la descoberta de Pert demostrava científicament el que ells havien vist en molts dels seus pacients, és a dir, que amb la ment podem omplir d'emoció cada cèl·lula, i regenerar-la. El doctor Lipton aplaudeix els avenços de Candance Pert a *The Biology of Belief*, i afirma que els pensaments positius i negatius no només tenen conseqüències en la nostra salut, sinó en tots i cadascun dels aspectes de la nostra vida: «Les teves creences actuen com els filtres d'una càmera, canvien la forma com perceps el món. I la teva biologia s'adapta a aquestes creences. Quan reconeguem que les nostres creences són així de poderoses, estarem en possessió de la clau de la llibertat». Pel que fa, Umiko, a les teves visualitzacions, al fet d'imaginar-te el raig verd que et desfà el tumor, vaig trobar informació al llibre del matrimoni Simonton, metges que treballen des de fa anys amb aquesta tècnica: el pacient imagina que cura la part del cos malalta amb un líquid o amb un raig guaridor que va omplint de salut cada cèl·lula. Al centre que dirigeixen a Texas han constatat la remissió de molts tumors de malalts que teòricament tenien els mesos de vida comptats. Van utilitzar per primera vegada les visualitzacions l'any 1971 amb un pacient que es considerava mèdicament incurable, i el pacient va practicar la visualització tres cops al dia, visualitzant el seu càncer, imaginant que el tractament arribava fins al tumor i el destruïa, els glòbuls blancs de la sang atacant les cèl·lules canceroses i expulsant-les del cos, fins que els resultats van parlar per ells mateixos: el pacient sense esperances va recuperar la salut. També als Estats Units, l'Institut of Noetic Sciences va publicar *Spontaneous Remission: An Annotated Bibliography*, en què es documentaven 430 casos de remissió espontània —sense tractament al·lopàtic— un cop els metges havien diagnosticat el pitjor. Vaig llegir-ne alguns, i cap d'ells em va arribar tan endins com la història del senyor Wright. Després de llegir-la, vaig concloure que aquells llibres que teòricament eren manuals d'autoajuda tenien més gruix que molts dels assajos que la nostra classe intel·lectual considera imprescindibles. Valia la pena venir a l'illa i fer el que calgués per ajudar-te. Et passaria tota aquesta informació: si coneixem la història d'algú que s'ha curat, i que potser tenia unes perspectives pitjors que les nostres, és més fàcil que ens en sortim.

El cas del senyor Wright està descrit pel seu doctor, el doctor Bruno Klopher, a les pàgines 329-340 de *Psychological Variables in Human Cancer. Journal of Projecti-*

ve Techniques. El senyor Wright tenia un limfosarcoma terminal: «enormes masses tumorals de la mida de taronges distribuïdes per tot el cos», que li produïen greus dificultats per respirar: cada dos dies li havien d'extreure líquid del pit. Amb tot, el senyor Wright s'aferrava a la creença que si el tractaven amb un medicament anomenat Krebiozen es curaria (la premsa popular havia dit que aquest fàrmac feia miracles). Casualment, el Krebiozen s'estava a punt de provar experimentalment en la clínica on es trobava ingressat, i tot i que no era un malalt adequat per a aquestes proves, perquè per sotmetre-s'hi s'havia de tenir una expectativa de vida d'almenys tres mesos que Wright no tenia, després de molta insistència el metge va cedir i n'hi va inocular una injecció. Això va ser un divendres. Quan el dilluns el doctor Bruno Klopher va tornar a l'hospital ja donava per fet que el senyor Wright estaria agonitzant, si és que no havia mort, però es va trobar el pacient passejant per la sala i «conversant alegrement amb les infermeres». Després d'examinar-lo, el doctor va descobrir que «les masses tumorals s'havien desfet com boles de neu en un forn». En deu dies el senyor Wright va ser donat d'alta, sense pràcticament cap rastre dels tumors.

Però quan dos mesos després el senyor Wright va llegir a la premsa que les últimes proves clíniques del Krebiozen confirmaven als especialistes que el medicament no garantia els mínims terapèutics desitjables, el pacient es va desanimar i va tornar a l'estat anterior, malalt terminal. Altre cop a l'hospital, el doctor Klopher li va mentir deliberadament i li va dir que no es cregués el que deien els diaris, que ell havia demanat un nou Krebiozen —millorat, de doble potència— amb el qual aconseguirien bons resultats. Quan el senyor Wright li va preguntar per què havia recaigut, el metge li va respondre —mentint altra vegada— que, segons com, la substància perdia l'efecte, però que tot això s'havia perfeccionat ara i que el nou medicament li arribaria l'endemà i ell seria el primer a provar-lo (amb l'invent que l'enviament li arribaria l'endemà, el metge volia fer més gran l'expectativa: «la seva esperança de salvació arribaria a la cota més alta»). Amb molta solemnitat, l'endemà, el doctor Klopher li va administrar una injecció d'aigua destil·lada. La segona recuperació del senyor Wright va ser encara més espectacular: ni rastre dels tumors, que es van tornar a desfer com boles de neu en un forn. Però la història té un gir definitiu quan al cap de dos mesos un informe concloent de l'American Medical Association va demostrar la ineficàcia del Krebiozen. Tota la premsa es va fer ressò de l'informe. Pocs dies després de llegir-lo, el senyor Wright va tornar a recaure i va morir.

Vaig donar per acabada la recerca ahir a mitja tarda; havia d'anar a la ràdio al vespre i avui ja viatjava cap a la teva illa. Però en tancar la llibreta d'apunts vaig pensar que no en tenia prou, que no em podia quedar només amb la teoria, encara que fos una teoria contundent que demostrava que la guarició per la ment és plausible: havia de contrastar aquelles lectures amb un metge obert de mires. El dia abans havia sopat amb en Baltasar Porcel, m'havia parlat del seu càncer ja superat —«o el derrotes tu o et derrota ell»— i no m'havia atrevit a comentar-li res de les teves intencions, per por que em digués que eren «una collonada» i em desanimés. Tampoc li havia dit res al meu oncle, al qual havia trucat poca estona abans i m'havia explicat que a casa seva no parava quiet, regirant papers antics i fotos i diplomes, adonant-se que no recordava molts aspectes del seu passat, si bé tenia el consol que no havia oblidat cap dels idiomes i els continuava llegint i enraonant a la perfecció. «¿I els metges què et diuen?», li vaig preguntar. Amb un to malhumorat em va respondre: «Ara dubten que tingui càncer». «No fotis! ¿Però no t'ho havien diagnosticat?». «Sí, però ara insinuen que es van equivocar, i que encara no em poden dir res més, fins que m'hagin fet més proves». No vaig saber què dir-li. Davant el meu silenci, em va comentar que estava traduint llibres, que aquesta tasca l'omplia d'il·lusió, o no sé si l'omplia d'il·lusió la tasca o el fet que tingués memòria com per recordar els idiomes i fer les traduccions; al final em va preguntar què tal estava jo, què feia. I comprendràs, Umiko, que no vaig gosar dir-li que estava duent a terme una petita investigació periodística arran del tumor fatal d'una amiga que es volia curar a través de la ment. Tenia la mateixa por que amb en Porcel, o sigui, que em digués que em deixés estar de collonades. El mateix que m'hauria dit un metge que no fos obert de mires. Per això vaig anar a l'hemeroteca de l'emissora a buscar noms de doctors que anessin a contracorrent. Estava assegut a la taula, llegint la secció d'un diari que sol publicar entrevistes diguem-ne new age, quan el cap de política va passar per davant meu i em va dir: «No entenc com pots donar credibilitat a aquesta secció. Hi entrevisten tots els *freaks* que passen per Barcelona dient bajanades». Alguna cosa devia estar canviant en mi —educat, com t'he dit, en el rigor— perquè li vaig respondre: «Jo tots els *freaks* i bajanades els busco a la secció de política».

No vaig trigar gaire a trobar el que volia: una entrevista a una doctora anomenada Carmina Queralt, que deia el següent: «L'oncòleg et proposa d'extirpar el tumor i quimioteràpia i radioteràpia per tal de prevenir les recaigudes. És un enfocament reduccionista. Les cèl·lules es relacionen amb les nostres parts més subtils, com l'emocional o la mental, que no pel fet de ser més difícilment quantificables són menys importants a l'hora d'emmalaltir». Al cap d'una estona ja em trobava a la recepció d'una clínica anomenada Naturmed per parlar amb la doctora Queralt. De l'entrevista havia deduït que la seva feina començava quan la resta de metges havien llançat la tovallola. Combinava la medicina tradicional amb l'homeopatia i l'acupuntura i d'altres de les anomenades teràpies alternatives. A recepció vaig fer una cosa de la qual em penedeixo, si bé la tornaria a fer en circumstàncies idèntiques: em vaig aprofitar de la meva condició de periodista per a un afer personal, o sigui, vaig ensenyar la meva credencial a la recepcionista, li vaig demanar de parlar amb la doctora Queralt per contrastar una notícia —em va preguntar quina, i no li ho vaig dir al·legant que es tractava d'un tema vidriós; no, no em podia esperar a dilluns—, i vaig insistir i insistir davant la seva perplexitat i després la de la secretària de la doctora, ambdues desacostumades no sé si al fet que un periodista es prengués la molèstia d'anar a la clínica —aquestes consultes se solen fer per telèfon— o desacostumades directament als periodistes. La doctora no em va rebre fins al cap d'una hora i mitja. Fins que va haver posat a ratlla la meva urgència fent passar abans tots i cadascun dels pacients de la sala d'espera, on jo també em vaig esperar amb un sentiment d'estupor tranquil, mentre observava els malalts amb ulls oblics i estranys, com alleujat de no patir el que ells patien i de no percebre —encara— el món de fora com una irrealitat on la gent es dedica a perseguir ombres i a dotar-les de sentit. Quan finalment em va rebre, quan aquella doctora petita i morena d'ulls com botons negres em va fer passar a la consulta i va escoltar les meves disculpes per haver explicat a la recepcionista «una mentida pietosa», el primer que em va dir, Umiko, et sonarà: «Algunes nits m'adormo amb tu». Ho va dir amb un somriure i amb una veu suau que em van fer concloure que la seva lleugeresa no era un senyal de feblesa sinó de mal·leabilitat, que s'emmotllava a mi ja d'entrada per tal de fer-me sentir bé. Un cop li vaig haver resumit la documentació extreta dels manuals d'autoajuda, la fesomia de la doctora va adoptar un caient reflexiu. I quan li vaig explicar que tot ho feia per una amiga que es volia curar, que practicava meditació i visualitzacions i que a més, per reforçar aquests exercicis, per harmonitzar la vibració del seu cos, m'havia demanat que li parlés durant una estona llarga, unes hores, de nit, si podia ser, la doctora va arquejar les celles en senyal d'interrogació.

Va començar a parlar deixant-me clar, abans de res, que ella creia en la medicina al·lopàtica, i em va dir que «és imprescindible en molts casos». Però, a diferència d'altres col·legues, no descartava cap altra medicina ni cap altra alternativa: en qualsevol diagnòstic trobem casos de remissions espontànies, i no hi ha cap malaltia que en un pacient o un altre no s'hagi curat. De tota manera, va dir, si hi hagués un tractament eficaç contra el càncer no trigaríem a conèixer-lo. Per parlar amb propietat, no ens havíem de referir al càncer sinó als càncers, perquè n'hi ha centenars de tipus. La radioteràpia i la quimioteràpia aviat quedaran obsoletes: «Es potenciarà el mateix sistema immunològic perquè sigui ell el que venci les masses tumorals». Cada pacient feia el que podia, per tal d'estimular el seu sistema immune, «però no hi ha lleis, encara». Els seus ulls es movien més que els teus, Umiko, però no reflectien cap mena de llum espiritual. Una consulta ferma i salutífera, amb les parets de color terra, un escriptori rústec, una fotografia del cos humà amb paraules en xinès sota els punts energètics, i una finestra a través de la qual entrava la llum blanca i petulant i el brogit de la ciutat un divendres a la tarda. «¿Vostè constata remissions espontànies?», li vaig preguntar, abaixant una mica els ulls. La seva bata blanca desprenia una lleu olor de cafè. Em va respondre amb tota naturalitat: «Sí, déu n'hi do. Jo i tots els meus col·legues. De malalts que fan visualitzacions i de malalts que no en fan. I tot i que les visualitzacions són el mètode, ara com ara, més eficaç, hi ha pacients que moren fent exactament les mateixes visualitzacions que d'altres que s'han curat». Tot seguit em va explicar que el doctor nord-americà Joe Dispenza feia vuit anys que estudiava remissions espontànies i que havia arribat a la conclusió que un dels punts en comú de totes era que el malalt creia que hi havia alguna cosa més poderosa que ell que el podia ajudar a sanar, que no tot depenia de la persona. «Doncs la meva amiga no està segura que se'n surti. Diu que la cura no depèn totalment d'ella», li vaig dir cofoi, adoptant un to optimista. Aleshores la doctora es va apropar a mi i em va dir:

—Hi ha una cosa que no entenc. ¿Et puc parlar amb sinceritat?

—És clar —li vaig respondre—, només faltaria. —Vaig pensar que em diria que estàvem perdent el temps, o que em retrauria que m'hagués presentat a la clínica d'improvís. La meva urgència i molta més la devia tenir una bona part de la gent que anava a veure-la, i segur que ningú se saltava els passos reglamentaris. Segur que ni Porcel ni el meu oncle se saltaven els passos reglamentaris. Segur que havien après a conviure amb la incertesa, a dotar-la fins i tot de sentit. Com tothom, havien passat a la sala d'espera una llarga estona abans no els atengués un metge que els havia concertat visita unes setmanes enrere, un període de temps etern durant el qual haurien fet conjectures de tota mena, rumiant què farien si les paraules del metge eren negatives, com canviaria la seva vida, què donarien perquè el missatge del doctor fos esperançador, què farien si tinguessin l'oportunitat de començar de nou; diuen els entesos que la por de morir és en realitat por de no haver fet en la vida tot el que hauríem d'haver fet. Per comoditat, o malaptesa, o falta de coratge.

—No entenc quin paper hi tens tu en la curació —em va comentar la doctora, arquejant de nou les celles.

—¿Com?

—Que no entenc quin és el teu paper exacte en el procés de curació de la teva amiga.

—Bé, el de parlar. L'única cosa que sé fer una mica bé. Parlar i parlar. Fins que es faci de dia. El meu paper és ben fàcil —vaig reblar.

—Doncs no ho entenc —va dir la doctora. I va continuar enraonant amb uns gestos que emanaven resolució i una intel·ligència desperta que no anava amb mitges tintes:— No tinc cap dubte que la teva amiga fa allò que ha de fer si pretén aconseguir una remissió espontània: visualitzacions. Si les acompanya de meditació, molt millor. Però per fer això es necessita soledat. Sí, sempre és bo tenir algú al costat, una bona xarxa d'afectes reforça el sistema immunològic. Que algú et parli pot ser recomanable, però no en el sentit que tu em dius. No té res a veure amb un procés de cura d'aquestes característiques. Per això no entenc quin paper hi tens. Et ben asseguro que per intentar curar-se la teva amiga no necessita ningú més.

Visiblement desconcertat, vaig dir:

—Bé, doncs moltes gràcies. Suposo que ja m'ho aclarirà ella demà quan ens vegem. —Em vaig aixecar de la cadira, em vaig posar la jaqueta, i mentre ens fèiem una encaixada de mans em va preguntar:

—¿Has vist la sèrie *Twin Peaks*?

Ara qui va arquejar les celles vaig ser jo. Vaig suposar que volia trencar el gel abans d'acomiadar-nos, igual que al principi m'havia dit que cada nit s'adormia amb mi. Sí, l'havia vist, amb la Carlota ens hi havíem enganxat amb anys d'endarreriment. Una sèrie paranoica, fluctuant com la ment. La Carlota de vegades tenia por, tancava els ulls, s'agafava a mi ben fort, jo mai no sabia si estava fent broma, i per això m'agradava encara més aquella sèrie de nans i cavallets. Més endavant, quan vaig saber que David Lynch practica meditació des de fa anys per tal de submergir-se en els misteris i profunditats de la consciència pura o camp unificat, i un cop allí s'imagina que pesca, una pesca de peixos que per ell són idees (com més al fons de la consciència pura, més bones idees), aleshores vaig entendre d'on havia sortit la sèrie.

—Doncs em fa l'efecte —em va dir la doctora amb un somriure indulgent, mentre jo m'alliberava de la seva mà ferma— que, facis el que facis amb la teva amiga, tu seràs com aquella dona que va tot el dia amb un tronc d'arbre als braços a *Twin Peaks*. Millor dit, tu seràs el tronc d'arbre. Tant se val que li parlis o no. Tant se val el que li diguis. La senyora aquella està convençuda que el tronc té poders, i això és l'únic que importa. Seràs un tronc d'arbre que parla.

Per això, benvolguda Umiko, si avui haguéssim pogut enraonar, t'hauria fet preguntes sobre la meva tasca en el teu procés de curació amb la ment. Ja sé que això té una importància relativa, que els meus dubtes, al costat de la gravetat de la teva malaltia, són secundaris. Que en les circumstàncies actuals m'he de deixar estar de falòrnies i he de donar-ho tot perquè et curis. Però entendràs que senti curiositat. La comparança amb el tronc d'arbre és graciosa. Ja m'agradaria ser un tronc d'arbre, immune a l'afront. O m'estimaria més ser bambú, tot flexibilitat. Sempre preferiré una naturalesa agitada, com la del bambú, que una naturalesa quieta. La teva naturalesa, ara mateix, és agitada. Crec que des de fa uns minuts estàs somniant: t'has bellugat, has canviat de postura, les teves galtes han agafat una mica de color, has barbotejat mitges paraules. Ara el cos i les cames et formen una Z. Gràcies a una franja de claror puc entreveure el teu abdomen, un abdomen llis que s'infla lleugerament. Umiko respirant amb el diafragma, una respiració abdominal, la més recomanable: l'abdomen llis expandint-se, pressionant els òrgans, fent-los un lleuger massatge, sedant el sistema nerviós, desbloquejant tensions. El cos agafant vitalitat i fortalesa amb cada exhalació, transportant l'energia fins a l'últim racó durant la retenció d'aire, netejant-se i equilibrant-se durant l'exhalació. Tenim les respiracions comptades, em vas dir fa mig any, i per tant és millor respirar lentament, com ho fan les tortugues, els elefants; així viurem més anys. De res t'ha servit respirar lentament, malaurada Umiko. Ara continues embolcallada en el teu doll de son. Dormiràs unes deu o dotze hores, suposo, a diferència de les sis hores que acostumes a dormir des que vas anar al monestir, ja que la meditació fa que necessitis menys hores de son per tal de sentir-te construïda. No sé si tancar la finestra, el vent bufa més fort, un vent de mar persistent que arrossega el soroll de les fulles de les palmeres esbategant com escombres seques. M'imagino les barques del port en deliri, el trèmolo de les llums sobre l'aigua; la Pema viu al costat, tal vegada està mirant l'espectacle lumínic, fumant, pensant en tu, en nosaltres (una dona nerviosa; no crec que pugui dormir). Aquesta tarda, quan ens hem vist, o sigui, tota la tarda, li he fet preguntes sobre el teu procés de curació, i malgrat que m'ha aclarit alguns aspectes diguem-ne tècnics, relacionats amb l'inconscient, sobre com podia connectar durant la nit amb el teu inconscient —ho estic mirant de fer—, al final m'ha suscitat nous interrogants, especialment quan ha fet referència a l'acte de clausura. Ha comentat que era molt important que jo fes aquesta segona part de l'exercici durant la matinada, abans de marxar. És crucial, ha insistit amb un to de veu avergonyit. Me l'ha començat a explicar i jo de sobte he empallidit. En veure'm així, la teva amiga, ràpidament, ha anat a buscar unes flors de Bach, que es veu que són útils per alleujar la tristesa i l'ansietat.

Després la Pema ha continuat enraonant i enraonant, com jo faig ara, amb la diferència que el seu interlocutor estava despert (els meus braços entrellaçats damunt el pit semblaven protegir-me de la basarda). Hi ha hagut un moment en què ella ha parat i jo he deixat de fer-li preguntes, perquè anàvem malament de temps: em volia ordenar les idees —cosa que al final no he pogut fer— i preparar-me mínimament aquest monòleg. No podíem continuar enraonant, s'havia fet fosc, i a més —m'ha dit— en el teu dietari hi trobaria respostes. El començaré de llegir d'aquí a uns minuts, quan faci una pausa i surti a estirar les cames al jardí. És força gruixut, no tindré temps de llegir-lo tot, ni molt menys, però et prometo que hi faré una ullada. Em sembla que en el dietari no hi trobaré cap lloc comú sobre cases de te, ni de cortesanes, ni sobre la lluita del sumo.

No cal que et digui que la Pema m'ha semblat una dona peculiar. Jo estava a la platja llegint al costat d'aquella noia despullada quan s'ha palplantat davant meu una dona corpulenta, menuda, d'uns quaranta anys, que m'ha dit que venia en nom de la Umiko. Em coneixia de la conferència de Sant Francesc, es deia Pema, i m'havia d'explicar moltes coses. El primer que m'ha cridat l'atenció d'ella ha estat el vestit estampat de flors roses i grogues que no he sabut si imitava l'estil hippy dels anys seixanta o directament havia estat comprat durant els seixanta. Òbviament, també m'he fixat en els seus cabells tenyits de color caoba, en les celles poblades sense depilar, en el pírcing del nas, i en la seva cara bonica que deu haver fet estralls a l'illa els últims quinze anys, que és el temps que fa que hi viu, segons m'ha dit. S'ha assegut a la sorra mentre amb una mà tancava el mòbil i amb l'altra desenganxava el sobre de paper de tabac per embolicar: «Perdona, feia anys que no fumava. Estic passant molts nervis amb tot això de la Umiko, ja m'agradaria tenir l'aplom d'ella. Suposo que tu també estàs afectat», m'ha dit, sense accent de ses illes, mentre agafava una capsa de llumins de la bossa gairebé al mateix temps que començava a cargolar tabac, amb els dits tremolosos d'impaciència (m'adono que la veu ja no em tremola; amb una mica de sort, Umiko, d'aquí a poca estona la veu ja podrà generar «la vibració» que m'has demanat). Els ulls marronosos de la Pema, a diferència dels teus, que agafen la mirada de l'interlocutor i no la deixen anar, no paraven de bellugar-se. No només perquè el seu pensament devia anar molt ràpid —la Umiko no li ha ensenyat a meditar, he pensat— sinó perquè semblava voler captar tot el que s'esdevenia en el seu camp de visió: el mar, les barques vaiverejant per l'aigua, la claror baixant dels vessants dels pins i les dunes, envaint el mar i la sorra. Li he preguntat: «¿Com és que no ha vingut la Umiko? ¿Hi ha algun canvi de cara a aquesta nit?». Ella continuava mirant l'entorn, ara es fixava en la noia que prenia el sol, i mentrestant em deia que no, que no hi havia canvis, que estaves tancada fent visualitzacions. Era molt important que estiguessis sola i concentrada durant les hores prèvies a «la nit decisiva». Per això havíeu pactat que ella em donaria les instruccions de la nit «amb equanimitat». El ritual que duríem a terme no era «qualsevol cosa» i calia seguir les instruccions. Mentre em preguntava per mi si la teva amiga era un bon exemple d'equanimitat —deu tenir més equanimitat la Umiko, he pensat, encara que el càncer el pateixi ella—, la Pema s'ha aixecat i ha anat a saludar la noia que prenia el sol despullada. Es devien conèixer, perquè la noia de seguida s'ha aixecat, l'ha abraçada; i ha estat aleshores, mentre enraonaven, quan he passat per un tràngol incòmode. Quan he entrat a l'habitació i t'he vist sense roba m'he dit que no es tornaria a repetir: seria inacceptable, estàs malalta.

Resulta que quan he mirat aquella noia xerrant amb la Pema, dreta, exhibint les formes ben fetes del seu cos, la cabellera rossa i uns pits inesperadament voluminosos en un cos tan prim, resulta que he tingut una erecció. No ho entenc: pel meu cap no ha passat ni un sol pensament libidinós. Els científics asseguren que hi ha d'haver un pensament per generar la substància química que modifiqui l'estat del cos, però et puc assegurar que jo no he tingut cap pensament libidinós, per molt que la noia fos exuberant i sens dubte el pogués suscitar (deu ser cert que el penis té vida pròpia). Continuaven enraonant, la Pema i la noia, ambdues dretes, la noia amb les mans entrellaçades darrere el clatell, la Pema gesticulant molt, fumant, expulsant el fum cap avall, doblegant el llavi inferior. He pensat: només portes el banyador, és el teu únic abillament, no has dut tovallola, se't nota l'erecció. Quan la Pema torni et veurà així, impresentable, i perdràs tota la credibilitat. No ho pots dissimular amb el llibre a la falda perquè faràs el ridícul. Ha estat aleshores, Umiko, quan he pensat que l'únic remei era meditar. Acceptar la situació. Tenir present que la consciència és un espai de quietud des d'on experimentem allò que està passant. La consciència és com el cel, i els pensaments i les emocions són núvols que la travessen, és a dir, no són substancials. Així doncs, observaria els pensaments com si fossin núvols, no donant-los importància, fins que la sang deixaria de concentrar-se en aquella part del cos juganera. He començat a meditar.

Un episodi semblant —sense erecció, però més compromès— em va passar fa un mes i escaig, mentre presentava un acte davant dues mil persones. Gràcies a aquell tràngol vaig descobrir que la meva pràctica meditativa anava per bon camí, i em vaig sentir orgullós del meu progrés (l'endemà de l'acte, no pas durant l'acte; aleshores ho vaig passar fatal). Jo meditava vint-i-cinc minuts al dia. Semblen pocs, vint-i-cinc minuts, però vaig descobrir que si practicava una estona curta, si quan m'hi posava sabia que el temps era molt limitat, n'obtenia els millors resultats, amb el benentès que no es tracta d'obtenir-ne resultats, de la meditació, i que hauríem de meditar igual que viatgem, o igual que ballem o interpretem música, gaudint del ball o de la interpretació, sense que ens importi el final sinó el camí: si els ballarins i els músics tinguessin la dèria d'arribar al final, els millors serien els més ràpids. L'episodi va tenir lloc a l'auditori del Fòrum, davant unes dues mil infermeres (com t'he dit, però, no va tenir res a veure amb cap erecció). M'havien contractat per fer de presentador de l'acte de lliurament dels premis a les millors professionals de l'any. Em feia molt de respecte, no només per les infermeres, que sempre m'han imposat amb la seva amabilitat ferma i la seva bata blanca de la qual no te'n faré broma, perquè massa broma que se n'ha fet i tal vegada per això flota en l'inconscient col·lectiu el suposat morbo de les infermeres, una fama de què elles es queixen —no només em feia molt de respecte per elles, sinó perquè quatre mil ulls estarien pendents de mi, escrutant-me, comparant la meva veu amb el físic. A més, aquell dia estava molt constipat. A l'escenari hi havia una pantalla gegant de vídeo per tal que les espectadores del fons de la sala ho poguessin veure tot amb detall. Quan jo enraonava, la càmera m'enfocava el rostre (allà dalt el nas devia fer un metre de llargada). Bé, doncs a desgrat de la meva inexperiència i malaptesa davant l'escenari, la presentació va anar bé, el lliurament dels premis, els parlaments de les autoritats, i les meves presentacions de cada apartat i de cada guardonat. Fins que va arribar el moment àlgid. El moment en què jo havia de fer un discurs en nom del Col·legi, que era qui organitzava l'acte i qui m'havia contractat, un discurs que no volia llegir i que duia memoritzat (si llegim, el públic desconnecta). Un discurs referent a la manca de prestigi social que tenen a pesar del sacrifici i l'abnegació que comporta estar a prop del malalt hores i hores, moltes més del que ho estan els metges, que fan la ronda i van a veure el pacient tan sols una estona al dia, anant bé. El discurs tenia el mateix objectiu que els premis que s'acabaven de donar i que l'acte, és a dir, apujar la moral del col·lectiu. Però just quan va arribar el moment de començar el discurs, el focus m'il·luminava, a la pantalla gegant hi havia un primer pla del meu rostre, just en aquell moment em vaig quedar en blanc. Em vaig quedar en blanc no pas perquè hagués perdut el fil, ni a causa dels nervis, ja que per sort només n'havia tingut, de nervis, cinc minuts abans de començar (havia comptat respiracions per tal d'assossegar-me). Tampoc em vaig quedar en blanc pel fet de tenir les dues mil infermeres davant meu, ja m'havia acostumat a la seva presència, i a més no semblaven infermeres perquè anaven vestides de carrer. El motiu va ser més prosaic: quan acabava de pujar al faristol, mirant la càmera, a punt de començar a parlar amb veu solemne, el constipat em va fer la guitza. Em vaig adonar que una gota de mucositat em començava de baixar lentament nas avall. Era una gota de mida considerable, o sigui, que era més que una gota. Vaig ficar-me la mà a la butxaca dels pantalons: m'havia deixat el paquet de clínex al camerino. No voldria ser desagradable, Umiko, però estic parlant del moc líquid i a la vegada esponjat i d'un verd tendre —sí que és desagradable, la imatge— de quan estem molt refredats i anem tot el dia amb el mocador a la mà. El moc era imperceptible per a les espectadores, atès que encara no havia abandonat la fossa nasal; per a mi era ben real, tangible, hòrrid. A aquella velocitat, al cap de trenta o quaranta segons es començarien de sentir les primeres rialles; oh, i tant que apujaria la moral de la tropa. De fet, ja m'arribaven els primers murmuris interrogatius. Vaig agafar aire pel nas, com preparant-me per a la solemnitat del parlament, però amb l'objectiu secret de fer pujar la mucositat cap amunt. Vaig tornar a agafar aire pel nas dues i tres vegades, l'aire cap amunt, però no hi havia res a fer, ja que estava molt refredat i la mucositat era abundosa.

M'havia quedat en blanc, no sabia què dir, no tenia sentit que comencés el discurs —tampoc me'n recordava— perquè l'hauria d'interrompre al cap de pocs segons, quan el moc es fes visible per a les infermeres que cada cop mormolaven més. També xerraven entre elles les autoritats de primera fila, el president de la Generalitat, la consellera de Salut, l'alcalde de Barcelona, i la presidenta del Col·legi d'Infermeres, que em va començar de fer gestos amb les mans, com dient que m'espavilés a parlar. Si hagués estat a l'estudi de ràdio hauria demanat un clínex a algú de l'equip, hauria pitjat l'interruptor que tanca el micròfon i després d'una breu pausa hauria continuat amb el programa, tal vegada forçant la veu rovellada. Però no ets a l'estudi de ràdio, vaig pensar; para de fer especulacions atònites. No pensis que faràs el ridícul, tot i que saps perfectament que el faràs. D'aquí a un no res hi haurà dos o tres espectadors que començaran a riure i la resta del públic s'hi afegirà, i amb una mica de sort creuran que és una broma de comiat, un final d'acte amb un número d'humor inclòs. Però no hi pensis: fes una meditació. Encara que sembli impossible, intenta meditar. Ets alguna cosa més que aquest cos i que la teva experiència personal. Observa't com si fossis un altre. Com si fossin d'un altre els pensaments i les sensacions que t'assalten —quina putada, em feia il·lusió que l'acte estigués a l'altura; no acostumen a encarregar-me esdeveniments amb públic—, i deixa-ho passar tot com si fossin els núvols d'una tempesta. Em sembla, Umiko, que vaig aconseguir-ho. Em vaig concentrar en la respiració, en l'anar i venir de l'aire, en les sensacions que m'assaltaven, tensió, paciència, frustració, ansietat, i potser una mica de llàstima de mi mateix, i no sé si les vaig acceptar, però com a mínim les vaig reconèixer, me'n vaig fer com si diguéssim la retransmissió en directe, esdevenint l'observador de mi mateix, com si el ridícul l'estigués a punt de fer un altre, un fenomen que després he après que els psicòlegs anomenen dissociació. Sí, vaig meditar (com t'he dit, l'endemà me'n vaig sentir orgullós). Finalment la mucositat es va començar a fer visible. Però jo estava meditant i sentia, curiosament, pau. Observava l'escena amb equanimitat. Ja havia acceptat la situació —no parlaria durant la clausura de l'acte—, i tot estava bé. I finalment no vaig parlar, perquè la presidenta del Col·legi d'Infermeres va improvisar una solució: es va posar a aplaudir, donant l'acte per tancat. S'hi van afegir la resta d'autoritats, de manera que vaig deixar de ser el centre d'atenció, la llum dels focus desplaçant-se als seients de primera fila. Vaig somriure, vaig dir moltes gràcies, i vaig fugir corrents de l'escenari a recloure'm al camerino, i mai més ningú no em contractarà per presentar cap acte.

Quan aquesta tarda a la platja la Pema tornava de saludar la noia despullada —despullada com tu; ja t'he dit que temps enrere parlava de casualitats i ara parlo de sincronies—, jo intentava fer el mateix que el dia de les infermeres: meditar. Acceptar la situació. De tu vaig aprendre que la majoria de problemes vénen de no saber dir sí amb majúscules a allò que la vida ens ofereix, de no saber acceptar la situació present. Mentre la Pema venia caminant amb passes curtes, enfonsant els peus a la sorra, una mica desmanegada, amb una mà agafant la cigarreta i amb l'altra les vores del vestit de flors per tal que no s'embrutís, si bé la sorra estava neta, i tenia una qualitat de mel —mentre la Pema venia jo deixava lliscar els pensaments de por de fer el ridícul com si fossin núvols. Al cap d'un moment arribaria al meu costat, em miraria el banyador amb una alarma especulativa, pensaria que no tinc cap mena de credibilitat; però tot estava bé. Potser em compararia als banyistes que van a la platja nudista a mirar —cosa que em fa molta ràbia— i que cada dos per tres es fiquen a l'aigua per rebaixar la tensió; però tot estava bé, perquè jo meditava. La noia despullada s'havia tornat a estirar a la tovallola, prenent el sol; els cabells en llibertat, perfumats pel vent. I al final, com el dia de les infermeres, m'ha anat bé meditar: quan la Pema ha arribat jo continuava sentint pau i, el més important, el meu banyador ja no estava tibat. La teva amiga m'ha explicat que coneixia aquella noia de la seva botiga de roba. Era una bona clienta.

—Per cert —ha afegit—, m'ha dit que la pots mirar directament. Que per espiar-la no cal que t'amaguis darrere el llibre.

La meva pell s'ha tornat carminada, del color de llagostí bullit. És curiós que ens posem vermells i tinguem ereccions sense que els pensaments hi tinguin res a veure, tot és més ràpid, els pensaments encara no s'han format quan de sobte el cos agafa la iniciativa. La llum de la platja era d'una blancor gasosa, enlluernadora. Ara la Pema m'explicava, sense transició, amb aquella seva desimboltura fresca, que aviat es volia vendre la botiga de roba: li agradaria dedicar-se a la seva vocació, l'anomenada harmonització energètica, «una supervocació des de fa tres anys». L'harmonització energètica, em deia, és una mena de reiki però més sofisticat, sense imposició de mans. Una teràpia que treballa amb l'aura de la persona. L'aura es podia mesurar, des de feia pocs anys, i tot plegat era més científic del que semblava. No, ella no podia fer res per curar-te, Umiko, el tumor estava massa avançat, però totes dues estàveu convençudes que el seu tractament havia alleujat alguns dels símptomes. De ben segur, no paties tants marejos ni maldecaps gràcies a la seva teràpia. El mar era pràcticament immòbil, una mena de vidre tebi i enterbolit en què s'hi reflectia l'escenografia dels penya-segats. Fins al racó de la cala on ens trobàvem hi arribava l'olor de pinassa, realment agradable. De sobte la Pema s'ha tret una llibreta de la bossa —«abans que me n'oblidi»— i me l'ha donada. Una llibreta negra, de tapes gruixudes: el teu dietari. Era important, m'ha dit, que en llegís alguns fragments, sobretot el final, en el decurs d'aquesta nit i matinada. Tindria temps de sobres de ferhi una ullada i a la vegada de fer l'exercici. El dietari em podria servir per descansar, per fer petites pauses i beure te, o aclarir-me la veu, o baixar al jardí a estirar les cames:

—Hi ha un petit fanal sota les palmeres; podràs llegir tranquil·lament. Vés amb compte amb els mosquits. Després, puges a dalt i segueixes enraonant, i no pateixis, perquè ella continuarà profundament adormida. —L'he mirada amb ulls incrèduls. Era la primera notícia que tenia del fet que estaries adormida, Umiko. Com t'he dit, jo em pensava que vindria a parlar-te una estona mentre estiguessis desperta, a recitar-te un mantra, com a molt.

Però no he pogut fer cap pregunta a la teva amiga, perquè de cop i volta la seva expressió s'ha enrarit. M'havia d'explicar la petita història del dietari. Naturalment, l'havies escrit en la teva llengua, ja que es tractava d'un dietari íntim; però quan vas venir a l'illa, quan ja feia mesos que us coneixíeu, ella t'havia animat a traduir-lo. Us vau conèixer a classe, ella va ser una de les teves primeres alumnes, i quan va plegar de les classes —no se'n sortia, de meditar— va passar de ser alumna a amiga. Tan amiga que li vas explicar l'experiència «duríssima» del monestir zen. I ella et va recomanar de traduir el dietari com a teràpia, perquè escriure sobre les ferides sempre és una bona teràpia, les cicatritza. Reescriure el dietari, donar-hi voltes, seria terapèutic. Segons la Pema, veient l'estil de vida que tenies quedava clar que no havies superat aquells fets. A tu, la idea no t'havia semblat malament. A més, no descartaves, a la llarga, publicar-lo en forma de llibre; podria interessar molts dels occidentals que es proposen de fer un retir a un monestir zen (fins i tot hi ha agències especialitzades que organitzen retirs de deu dies, i viatges amb autocar fins al monestir amb karaoke inclòs). Però el que més et motivava era publicar un llibre amb gruix, autobiogràfic, amb una certa qualitat literària, lluny dels manuals d'autoajuda que havies traduït durant anys.

—La vaig aconsellar malament. Traduir-lo va ser un error —m'ha dit, observant la sorra on apagava la cigarreta. Als seus ulls s'hi reflectia una lassitud i un decaïment molt grans. La brisa escampava la sorra fina damunt les pàgines del meu llibre de Thondup, fent soroll de fregadissa—. Hauríem d'haver deixat el dietari en pau, tal com estava. No hauríem d'haver remenat l'episodi del monestir zen.

La teva amiga m'ha continuat explicant que durant mesos, per culpa seva, havies donat voltes a una experiència traumàtica, i aquest donar-hi voltes, en comptes d'haver-te servit de teràpia, t'havia fet reviure el sofriment.

—Tots generem les nostres malalties —m'ha dit—: totes les malalties són psicosomàtiques.

La Pema sosté que la teva malaltia no es va gestar pel sofriment del monestir, sinó a base de recordar aquella experiència, de retornar-hi dia sí dia també mentalment i emocional. Mentre em ficava el dietari a la motxilla, m'ha proposat amb veu atuïda d'anar a casa seva per tal de continuar parlant i de donar-me «les instruccions d'aquesta nit».

Abans que comenci a fer una ullada al dietari m'agradaria dir-te que vaig venir a practicar meditació amb tu gràcies a una petita crisi. Deu ser cert que les crisis són una oportunitat, tal com les defineix l'ideograma xinès. Res a veure, suposo, amb la crisi que vas patir al monestir zen, de la qual ara com ara només en sé el que he intuït de l'expressió consternada de la Pema. Quan la vaig començar a patir o a transitar, com que no sabia com definir-la, perquè no era una crisi existencial, ni sentimental, ni laboral, tot i que tenia repercussions a la feina, no l'anomenava així, la crisi. No obstant això, era una crisi en majúscules. Una crisi relacionada amb les paraules. Un problema, atès que jo amb les paraules m'hi guanyava la vida. Tot va començar quan a la ràdio em vaig posar nerviós durant algunes entrevistes. No eren nervis de tensió excessiva, sinó d'indignació. Sortia de l'estudi aclaparat, se'm regiraven les entranyes. Me n'anava a passejar al parc, a veure si mirant la verdor de les fulles, sentint les orenetes, badant, se'm desfeien els nervis. Vaig anar constatant que em posava nerviós durant les entrevistes als polítics i líders d'opinió (és ben estrany dedicar-se a ser «líder d'opinió»). Al principi vaig pensar que la causa del meu nerviosisme eren els molts cafès que em prenia per tal de tenir el cap clar —aleshores jo creia que la manera de tenir el cap clar era prendre's cafès—, però a poc a poc vaig anar descobrint que tot era degut a alguna cosa relacionada amb la manca d'autenticitat del que deien. Quan parlaven hi havia disharmonia entre les paraules i els gestos, entre la comunicació verbal i la no verbal. No era que mentissin, tot i que alguns mentien descaradament —però no voldria generalitzar: hi ha polítics i líders d'opinió que traspuen honestedat—, sinó que en el seu discurs, per ben argumentat que estigués, hi trontollava alguna cosa que jo aleshores no sabia com definir. Ara sí que ho sé, Umiko, gràcies a les teves ensenyances. Resulta que no parlaven amb el que els japonesos anomeneu *hara*. A mi, com suposo que passa a molta gent, la paraula *hara* em sonava de l'harakiri, el ritual tradicional japonès del suïcidi. Però em vas informar que parlar amb el *hara* no volia dir parlar amb les entranyes o l'estómac, sinó amb el centre vital de la persona. O parles amb el teu centre vital o les paraules que dius no tenen res a veure amb allò que estàs comunicant. Jo aleshores això no ho sabia, però em posava molt nerviós a mesura que durant l'entrevista constatava aquest no sé què, aquesta disharmonia: la cama que es movia febrosa mentre el convidat parlava amb veu aplomada de la bonança econòmica, el traç manicomial del llapis amb el qual dibuixava gargots, els ulls que no miraven l'interlocutor ni un instant, o unes pupil·les al racó dret o esquerre, en posició d'inventar o fantasiejar, mentre la boca jurava i perjurava que a l'Iraq hi havia armes de destrucció massiva. Una part de mi, molt al dedins meu, es negava a escoltar; però si desconnectava no podria repreguntar i faria malament la feina. Una nit ho vaig explicar a un amic economista —que viu entre Nova York i Barcelona— mentre preníem unes cerveses i em va confessar que ell havia trencat amb una diputada amb la qual estava embolicat perquè de nit al meu programa declarava una cosa i l'endemà quan es llevaven li deia, amb la mà al cor, que ella en realitat pensava tot el contrari del que havia dit. «Tot plegat és més subtil», vaig explicar a l'amic, «no cal que em menteixin». «Quan trobo a faltar autenticitat en allò que em diuen, quan no s'ho creuen de debò, una part de mi vol desconnectar i plegar». «Aleshores deixa d'entrevistar polítics i entrevista peixateres», em va dir. «Elles sí que es creuen el producte».

Les setmanes següents vaig anar agafant mania a les paraules o, més ben dit, a l'abús de les paraules, a les paraules banals i estèrils que em feia la impressió que saturaven l'atmosfera, sobretot —però no només— a través dels mitjans de comunicació. La nostra consciència com un camp d'operacions perquè tothom hi faci les seves maniobres. Com que no podem anar tot el dia amb taps a les orelles ens veiem obligats a sentir l'eloqüència sinistra de gent que enraona pels descosits i s'esforça a dir el major nombre d'obvietats i frases fetes. La situació ja la va albirar Lao-Tse: els qui parlen no saben, i els qui saben no parlen (però després de dir això va haver d'escriure un llibre per donar a conèixer tot el que sabia). Els qui parlen no saben: és com si l'època volgués omplir el buit existencial amb paraules, paraules que juntament amb els conceptes i les creences tapen la realitat. No són la realitat, sinó una mena de pantalla o filtre entre nosaltres i la vida. Hem posat les paraules per damunt dels significats. Tu, Umiko, m'havies ensenyat que el zen utilitza el terme *mushin*, que significa no-ment, per explicar la manera d'estar al món amb la ment neta com un mirall i copsar-ne la naturalesa original sense la distorsió dels conceptes i les paraules. Tot això ho raono ara; amb el que he anat aprenent els darrers mesos, amb el que vaig començar a aprendre gràcies a tu. Aleshores, durant l'inici de la crisi, ho sentia i prou. I m'obscuria la visió de futur, perquè em guanyava la vida amb les paraules, sobretot amb les dels altres, ja que com saps a la ràdio enraonava poc i tendia a moderar i a preguntar. A casa, quan amb la Carlota de tant en tant engegàvem la televisió i ens assaltava aquell parlar per parlar de les tertúlies, sobretot de les esportives, on es feien especulacions estèrils sobre el desplaçament amb autocar pel partit que havien de jugar al cap de sis dies o sobre la derrota de feia tres anys, jo em començava a posar nerviós i la meva dona venia al sofà amb una expressió de divertiment àvid i una aspirina que en contacte amb l'aigua produïa una efervescència festiva. Jo trobava a faltar autenticitat en bona part del que sentia a través dels mitjans de comunicació. Era com una obra de teatre mal representada. Tot va canviar arran de dues entrevistes que vaig fer a l'actor John Malkovich i al músic Pascal Comelade. A Malkovich el vaig entrevistar amb l'excusa d'una obra de teatre que dirigia a Barcelona sobre Dalí i Freud i, d'entrada, quan el vaig tenir al davant, em va sorprendre el seu aire, que malgrat les celles inquisidores, tan útils a l'hora d'interpretar psicòpates, malgrat les vambes vermelles, la corbata d'ànecs i la capsa de tabac Next que les seves mans acariciaven amb voluptat, les mateixes mans que li subjectaven la barbeta, per torns, i que feien gestos continguts i admirablement lligats a la matisació de la frase, com si una part desvagada de la ment s'ocupés de la coherència entre la comunicació verbal i no verbal, tenia alguna cosa beatífica, com si l'actor s'hagués impregnat de l'atmosfera d'un monestir. Li vaig fer la primera pregunta i abans de respondre —crec que li havia preguntat sobre la costa francesa, on viu— va deixar un silenci llarg, molt llarg. El mateix va passar després de la segona pregunta, de la tercera, de totes. No eren pauses dramàtiques, de les que acostumen a fer els mals actors o la gent que es fa la interessant; eren silencis absorts durant els quals Malkovich rumiava. I no només em va entusiasmar que un convidat s'agafés tanta estona per pensar, per dir quelcom original, per construir frases ben escandides, melòdiques, d'una suavitat torbadora —un esforç que un altre hauria considerat una pèrdua de temps en un mitjà on cal anar al gra—, sinó que durant els silencis vaig experimentar una mena de pau, de benestar ingràvid, com mai havia sentit fins aleshores.

Després vaig buscar més convidats que deixessin unes

pauses similars, però al final vaig optar per fer-les jo mateix. Amb tot, abans, en l'entremig, frisós com estava per tornar a sentir aquella pau, en les entrevistes formulava preguntes breus, inesperades, amb l'objectiu que descol·loquessin el convidat (les preguntes breus solen provocar un silenci de tres o quatre segons abans de la resposta). En pocs mesos de diferència vaig entrevistar dos Presidents de la Generalitat consecutius que van deixar uns silencis que els van humanitzar, però que a mi no em van fer sentir pau, segurament perquè a l'estudi hi havia massa tràfec de càmeres: silencis de vuit i sis segons, respectivament, durant els quals un, el president diguem-ne més jove —però que tenia el cabell blanc i la veu rogallosa—, va mirar per la finestra en direcció al tramvia de la Diagonal amb l'aire absent d'un somnàmbul, com si no fos a l'estudi ni amb el físic ni amb la ment, i l'altre, el president més vell, va jugar amb un clip que tenia entre les mans, el mateix clip amb el qual, per cert, i mai no ho he dit a ningú, quan estàvem sols amb la cap de premsa s'havia netejat les orelles. Em vaig anar enderiant tant amb els silencis, tal com els entenia aleshores, és a dir, com l'absència de soroll —un nivell de silenci superficial, com aprendria més endavant—, que vaig incloure una secció al programa consistent a retransmetre un silenci en directe a través d'una unitat mòbil que es desplaçava cada dia a un lloc diferent del país. Cada silenci era únic, tenia la seva pròpia textura, estava interromput per sons diferents, sons mínims com el del fullam, l'aire fi, el trepig d'uns passos o unes veus al lluny que el tècnic de so captava a la perfecció, ben equipat com anava amb el micròfon que s'usa per a les retransmissions de concerts de música clàssica i per a les misses del monestir de Montserrat. I a més hi havia el paper de la imaginació de l'oient quan retransmetíem el silenci de borrissol d'una habitació d'hotel amb la insinuació de secrets i carícies passades. Amb tot, la secció no va durar gaire, ja que el cap de programes va decidir que no tenia sentit gastar-se diners en una unitat mòbil i en un tècnic de so per retransmetre el no-res. Tanmateix, la meva dèria pels silencis va prosseguir i es va veure recompensada amb escreix quan vaig entrevistar el músic Pascal Comelade. Com que m'havien avisat que era un conversador difícil, perquè enraonava molt poc, el primer que li vaig etzibar, amb un to jocós, quan va entrar a l'estudi va ser: «M'han dit que fas patir els entrevistadors». Qualsevol altre convidat hauria somrigut. Ell em va clavar una mirada llarga, de recel. En començar l'entrevista, ja a la primera pregunta —com se sentia a la ciutat enmig de la gentada un home rústec com ell— va trigar no pas quatre, ni sis, ni deu, ni vint segons a respondre sinó un minut i escaig, una eternitat a la ràdio, un temps infinit durant el qual va mantenir l'expressió sorruda amb la qual havia entrat a l'estudi, va fer unes quantes ganyotes, va girar la cara cap a un costat i l'altre, es va gratar el cap arrissat, les patilles, va mirar amb un punt d'entendriment la cap de premsa, com buscant inspiració, i un cop semblava tenir clara la resposta, un cop la seva aparença es va assossegar i va agafar de nou la rudesa ingènua que té dalt l'escenari quan toca el pianet de joguina, encara va dedicar uns segons més a pensar com expressar bé la resposta, com dir amb paraules entenedores el que no devia ni tan sols ser una idea, sinó una punxada a l'estómac. Durant aquell minut i escaig vaig ser feliç. Vaig sentir el mateix embadaliment de l'entrevista a Malkovich. Tot estava bé, a pesar de l'atabalament del tècnic de so, que no sabia què fer —els oients devien pensar que se'ls havia espatllat el receptor—, i de la guionista, la mirada de la qual em deia «jo ja t'he avisat». No recordo la resposta de Comelade. Les paraules van ser el menys important. A partir de llavors, d'alguna manera vaig imitar els silencis de Comelade i Malkovich (poca cosa més podia imitar), amb la diferència que ells no semblaven experimentar gaire pau mentre els deixaven; Comelade segur que no. Mentre jo callava, en lloc de rumiar la següent frase, o de fer cavil·lacions sobre la sintonia o el fragment de veu que estava a punt de sonar, en lloc de fixar-me en la mirada alterada del tècnic de so, o en la llum de la lluna que entrava pel finestral que dóna a la Diagonal, una avinguda creuada pels últims tramvies de la nit fent moure uns cables vacil·lants de resplendor i de fosca, em deixava endur pel recolliment de l'estudi, de la moqueta blava a les parets i al terra (el pilot vermell demanant precaució), apujava el volum dels auriculars, escoltava la meva respiració, l'entrar i sortir de l'aire, i tot estava bé.

Quan et vaig conèixer em vas felicitar per aquells silencis. Jo, sense saber-ho, durant els silencis estava meditant. Tu em convidaves a un curs intensiu de meditació, i, com t'he dit, vaig acceptar per tal d'aprofundir en aquella sensació de pau. Aleshores no t'ho vaig comentar, però el primer dia de meditació va ser un fracàs. I això que havia vingut amb tota la bona fe. La teva casa semblava estar ubicada a la fi del món, no només pel toc dramàtic i ferruginós del paisatge, pels ocres i roigs i la salinitat a la part alta de les figueres i els pins, no només per la pluja d'aquell matí o la llum afeblida, sinó perquè en aquesta zona no hi vivia ni hi viu pràcticament ningú. La teva casa em va semblar una delícia. Quina meravella de façana blanca, amb aquells tons emblanquinats blavissos típics de Formentera, el blanc de la calç fonent-se en un to violaci líquid. Mentre caminava pel camí de grava, d'un vermell rovellat que deu tenir alguna propietat estimulant, em vaig preguntar com podia tenir una casa així una noia que es guanyava la vida fent classes de meditació. Jo aleshores no sabia que els teus pares havien mort quan eres adolescent, en un accident de cotxe, i que t'havien llegat diners, no gaires, però sí els suficients per permetre't les despeses del lloguer de la casa després de l'experiència desoladora del monestir zen. Érem quatre persones, fèiem la classe al menjador, una sala polivalent, amplosa, amb terra de parquet, coixins granatosos, un petit aparell que reproduïa un cedé de mantres i una tauleta amb te verd i mel. D'entrada, la professora Umiko es va descalçar, es va asseure en la posició d'un buda, va apagar el reproductor del cedé, ens va donar la benvinguda mirant-nos als ulls a tots i cadascun dels assistents, amb la mirada enèrgica, i ens va preguntar què n'esperàvem, d'aquella classe. La temperatura de la sala era benigna, a desgrat que a fora continuava plovent. Recordo que les dues primeres respostes van ser: «Conèixer-me a mi mateixa», i «connectar amb mi mateixa». I també recordo que jo, per trencar el gel, vaig preguntar:

—¿I si quan em conec bé m'enduc un desengany?

Ningú no va somriure. A excepció, és clar, de tu. Em feia la impressió que la teva ment giravoltava a tanta altura que trobava tots els afers risibles. Ens vas explicar que havíem anat a casa teva senzillament «a estar-hi». Aquí no sabíem «estar»: sempre havíem de fer coses. Encara que les teves fonts eren budistes, la meditació que compartiríem no tenia res a veure amb religions, si bé tu no consideraves el budisme una religió. L'objectiu era aprendre a calmar la ment, desenvolupar la concentració, canalitzar les emocions negatives i, amb una mica de sort, entreveure la naturalesa del nostre ésser. «En tots i cadascun de nosaltres hi ha tota la felicitat», vas dir, «i l'únic que ens impedeix de gaudir-ne és la pròpia ment: les creences limitants, les pors, els desitjos, les expectatives». Enraonaves amb veu calmosa, vocalitzant, component les frases amb anticipació, sense pressa ni nervis. Et creies allò que deies. No hi havia dissonància entre el que deies i com ho deies. Ens miraves un a un amb fixesa, ininterrompudament, amb aquella mena de mirada adhesiva que vaig pensar que els especialistes en comunicació no verbal criticarien, perquè segons ells si mirem algú més del vuitanta per cent del temps l'intimidem, ja que de sobte l'altre té por que n'intuïm coses que ni ell mateix sap. Tot i això, segons em vas dir més endavant, miraves així per tal de copsar el to vital de la persona (no pas perquè t'haguessis fumat un porro). «Anem per la vida», vas continuar, «percebent la realitat com aigua de riu barrejada amb fang». El propòsit de la meditació d'aquell dia seria aconseguir que el fang es dipositès al terra o a la llera a fi de veure l'aigua clara. D'entrada estaríem pendents de les fosses nasals, de l'aire que hi entrava i en sortia. Quant als pensaments, si un pensament ens entrava a la ment, l'acompanyaríem amablement cap a la sortida, sense recrear-nos-hi. Això és el que faríem durant les properes quatre hores. Seuríem amb les cames encreuades, l'esquena recta, el cap estirat com si fóssim titelles sostinguts amb fils invisibles i el nas alineat amb el melic. Almenys ho vaig intentar. Les quatre hores se'm van fer eternes. Et ben asseguro que vaig mirar d'acompanyar els pensaments cap a la sortida, pensaments sobre la casa, tan bonica, sobre les palmeres amb un toc masculí, sobre aquella desconeguda que es guanyava la vida ensenyant a la gent de no pensar, quan això ja ho fa la societat i la cultura de masses, o, més ben dit, ensenyava a la gent de no donar importància als pensaments, com intentaven posar en pràctica les dues noies i el noi que m'acompanyaven, els quals es devien guanyar la vida fent de cambrers, o tocant la guitarra o els bongos pels xiringuitos de l'illa, o fabricant productes artesanals i anant de mercat en mercat, pendents de les vendes per sobreviure, un vagarejar estressant per a un jovent que havia vingut a l'illa buscant la tranquil·la puresa perduda de la civilització —mirava d'acompanyar aquests pensaments cap a la sortida però fracassava una vegada i una altra, perquè quan no em distreia amb els pensaments (també vaig pensar en la Carlota; què devia estar fent a la Catalunya Nord, en què devia estar pensant) em distreia mirant-los a ells, els ulls tancats, les respiracions convençudes, les bosses de tabac per cargolar, cabells amb rastes, la pell dels peus endurida, sobretot la d'una noia que malgrat la pluja havia vingut descalça, i que de sobte va començar a roncar. La meva poca concentració se'n va anar en orris. No crec que te n'adonessis, Umiko, però al cap d'una hora em vaig adormir jo també.

Que difícil que és mantenir l'atenció fixa. Cada minut perdem l'atenció entre sis i dotze vegades. Tot va millorar una mica l'endemà diumenge. Aquell dia estaríem sols, i si no plovia meditaríem a la platja. Jo havia passat la nit a la pensió en un estat d'ingenuïtat gairebé angèlica, amb la sensació que l'endemà sí que retrobaria i allargassaria la pau dels silencis de la ràdio. Durant tota la nit havia plovisquejat; quan em vaig llevar sobre els camps hi havia una gasa de vapor d'aigua molt tènue, però no plovia. Les llunyanies, a l'altra punta de l'illa, on hi ha el far del Pilar de la Mola, flotaven en una boirina blavenca. El comentari de la Carlota —«rectifico: les teves oients sí que saben com tirar-te els trastos»— m'havia deixat un regust agredolç: ella difícilment es mostrava gelosa, jo havia de deduir la seva gelosia tangencialment, amb sortides de to com aquella, si bé no estava segur que allò fos una mostra de gelosia, ni que fos una sortida de to. Aniríem a meditar, em vas dir, a una cala situada entre Punta Pedrera i Punta Gavina; afortunadament, estaríem lluny de l'atapeïda cala Saona. Com recordaràs, feia un dia prodigiós de primavera, i no quedava ni rastre de la pluja. A la platja hi havia una llum fina, filtrada, que accentuava la matisació del paisatge, la qualitat daurada de la sorra. A la vora dels pedruscalls el mar estava xarbotat. Havíem quedat directament a la cala, perquè tu hi volies anar amb bicicleta; jo hi vaig anar amb moto, sense casc: me l'havien robat el dia abans al port, mentre em comprava un barret, pocs minuts després de llogar el ciclomotor (a la teva illa s'havia posat de moda robar cascs). Quan ens vam trobar, després dels dos petons, et vaig demanar de comentar alguns dubtes sobte la meditació del dia anterior, però em vas respondre que valia més que no enraonéssim abans de la pràctica, que ja ho faríem després, perquè «enraonar trencaria l'equilibri» (en canvi, ara, aquesta nit i matinada, vols que t'enraoni). Una dolça aroma mentolada impregnava la teva camisa de lli blanc. Un cop assegut damunt la sorra —la maleïda postura—, em vas ajudar a estirar el coll i el cap, com si hagués, em vas dir, de tocar el cel amb la coroneta. «D'aquesta manera, la circulació del txi serà fluida», vas murmurar, posant inflexions de tendresa en la veu, com si parlessis a un nen. Després em vas dir que deixés reposar la llengua en contacte amb el paladar i que intentés adaptar la respiració al ritme de les onades, per tal que l'aire del mar entrés dins meu transmetent-me «la pau d'un oceà més enllà del pensament». No em vaig poder estar de contestar-te: «No costa gaire, estar més enllà del meu pensament». Vas somriure, vas plegar la camisa, t'hi vas asseure al damunt balancejant el cos, per buscar un punt d'equilibri natural, mentre dirigies els ulls a l'horitzó tot movent els ossos, desemperesint-te. «Hem perdut el contacte amb l'horitzó. Estem massa temps entre parets», vas sentenciar. El mar tenia una dolçor acariciant, a pesar de la petita brisa insistent i del blanc de l'escuma de l'aigua que batia contra les roques dels penya-segats, realçant la grandiositat natural de l'indret. Al cap d'uns vint o vint-i-cinc minuts, quan ja m'havien assaltat pensaments de tota mena, començant pel que no sabia de tu, quina vida havies fet abans de venir a l'illa, si sempre havies estat així de calmada o si havies canviat després del període tempestejat del monestir zen, passant pel meu temor de repetir el fracàs del dia anterior, i acabant per la roba que duies aquell matí, una roba molt cenyida, tal vegada massa, vull dir que marcaves molt la carn, fins i tot els mugrons, cosa que no quadrava amb el teu tarannà minimalista, si bé, allò, és clar, era minimalista —quan m'havien assaltat aquests pensaments, em vas dir, sense deixar de mirar l'horitzó, que la ment és com el mar, que quan bufa el vent hi ha grans onades que pugen i baixen, però quan el vent es calma les onades decreixen i aleshores la ment té la claredat de l'aigua quan no la remous i esdevé un mirall on tot s'hi reflecteix: «Ara hi ha molts pensaments en la teva ment, però si no els dónes importància aniran decreixent fins que aconseguiràs una ment clara que serà com un mirall del que t'envolta». Sàpigues que vaig pensar: no entenc què hi guanyo sent un mirall, m'agradaria ser jo mateix vívidament i no pas un mirall. La Umiko m'està proposant una felicitat anestèsica. Però no pensis, fes-li cas, mira d'adaptar la teva respiració a les onades. Deixa que t'entri pels sentits o pels porus o per on sigui la blavor silenciosa d'aquest entorn natural. I just després de pensar això, vaig sentir un brunzit. Una abella donant voltes al meu costat. La respiració m'anava més de pressa que les onades, i també el batec del cor. L'abella venia i marxava, i com més hi pensava més venia i menys marxava; els pensaments com un imant. Tu seguies concentrada en la línia de l'horitzó. L'abella a prop dels meus peus, de la cama. I va ser quan se'm va apropar a l'abdomen, atreta, suposo, per la suor del voltant del melic, quan vaig abandonar la postura, vaig espantar l'abella amb el barret, i l'exercici es va acabar. Et vas girar, rient, i et vas posar a aplaudir.

—Visca! —vas exclamar—. Mentre estaves pendent de l'abella no has pensat en res més. Has meditat. T'he dut a aquesta cala perquè hi ha moltes abelles.

Durant els següents dos dies vaig aprendre que és habitual que els bons meditadors incloguin en la pràctica abelles i mosquits i tota quanta cosa els passi per davant, de manera que integren el pessigolleig de les potes o fins i tot la fiblada de l'insecte com una sensació més que es dissoldrà d'un moment a l'altre, el dolor com a objecte de meditació, com també es dissoldrà la por, la por que et pessigui, o d'inhalar l'insecte accidentalment, i un cop dissolta la por sorgirà un altre pensament o sensació, una fantasia, un record, un desig, el desig d'engegar-ho tot a rodar perquè m'estic avorrint, però al cap d'uns minuts se'n va l'avorriment i ve l'enuig, i m'enfado amb mi mateix per ser incapaç de meditar, o per estar a la platja un cap de setmana perdent el temps davant el mar, i quan et dic que estic enfadat amb mi mateix —sense concretar-te el motiu— em respons que el d'ara és un bon moment per sentir l'escalfor de la ira, com fa centrifugar l'energia, fins que al cap d'uns segons aquesta energia agressiva es dissol i es transforma en una altra que té forma de sentiment o pensament o emoció que també es dissoldrà al cap de poc, i així tota l'estona de meditació, i així tota la vida. Per això és una ximpleria aferrar-se a res, perquè tot se'n va. Només hi ha un lloc on aferrar-nos, em vas dir després de la segona o tercera classe, aquí, a casa teva, mentre preníem un te: «l'espai on tot transcorre. D'alguna manera nosaltres som aquest espai». Et vaig comentar que Joan Vinyoli té un poema on ve a dir que som transparència. Vas prosseguir, com si no t'hagués dit res: «Podem connectar amb aquest espai a través del silenci que hi ha entre pensaments». Vaig beure un glop de te. No va ser ni la primera ni l'última vegada que vaig prendre te mentre sentia afirmacions d'aquell estil. Era una manera inconscient de dissoldre l'escepticisme que se m'instal·lava a l'estómac. Et recordo que jo aleshores tenia urticària cap a tot el que sonés a autoajuda.

Al matí, mentre estàvem a la sorra i aquelles afirmacions contundents formaven part de la lliçó pràctica, tot lliscava, a desgrat dels pensaments crítics que m'assaltaven de tant en tant. Però a la tarda, dites així, a seques, em costaven més de pair. No pas perquè fossin declaracions extravagants o inversemblants, que ho eren, sinó perquè eren massa boniques. I pronunciades així, tal qual, com si fossin mantres o eslògans electorals —salvant les infinites distàncies entre els mantres i els eslògans electorals— sense cap argumentació ni matís posterior, em semblaven frases i res més. L'escriptor Jorge Luis Borges, davant una afirmació massa bonica, encara que fos seva, acostumava a dir: «Es sólo una frase». És clar que em podràs rebatre que al Japó qualsevol mestre zen deu fer afirmacions com aquelles, frases que si es matisessin gaire perdrien el sentit original, granític. És clar que tu mateixa les devies haver après d'algun mestre. Però jo no ho acabava de veure: de vegades pensava —em sap greu— que les havies llegit en algun manual d'autoajuda que tocava d'oïda el que devia haver dit algun savi. És clar que ho deies amb la millor de les intencions —encara gràcies que em convidaves i em regalaves el teu temps—, però no podia evitar sentir un nus a l'estómac. Tenien un deix de filosofia barata. No sabia fins a quin punt els teus coneixements provenien del monestir zen o dels llibres d'autoajuda; pel que jo tenia entès, els monjos budistes parlen més aviat poc, i tu déu n'hi do, el que parlaves. Potser en el meu escepticisme hi influïa el lloc on ens trobàvem, el teu estudi, el qual en aquella hora en què la jornada declinava tenia un punt de tristesa, amb una llum vaporosa tocada de grisor (en els teus cabells negres feia l'efecte d'una mena de borrissol). O potser hi influïen les figuretes de Buda que hi tenies i hi tens, les capses d'encens, la dotzena d'ampolles de flors de Bach, les pedres vermelles i verdes, el reliquiari, un mandala, un llibre de l'I-ching, fotografies del Dalai Lama i dos grans prestatges metàl·lics amb llibres, on hi vaig entrellucar molts manuals t'autoajuda.

M'havies llegit fragments de dos manuals, de Deepak Chopra i Eckhart Tolle. Chopra venia a dir que el silenci entre pensaments és la via de connexió amb l'energia de l'univers, la mateixa energia que fa moure els planetes i les estrelles. Quant a Tolle, que, per cert, havies anat a veure a Barcelona, afirmava que la humanitat està vivint un canvi de consciència: durant mil·lennis la ment humana ha estat posseïda pels pensaments, per un pensament darrere un altre, o sigui, la completa identificació amb la ment, i ara això està canviant, perquè cada cop hi ha més gent que creu que no som els pensaments, sinó alguna cosa més. «Tolle és un home optimista», et vaig dir, «jo crec que la gent segueix com sempre». «Doncs jo penso com ell», em vas respondre. «Si no, no haguessin anat a veure'l 3.000 persones a Barcelona, malgrat que cap mitjà de comunicació us en vau fer ressò». Vas riure, com rebaixant la càrrega d'aquella frase, i em vas continuar llegint en la blavor cada vegada més densa del capvespre. De tant en tant em miraves sense dir res; per ser exactes, em miraves les mans. Quan jo aixecava el cap de la llibreta m'adonava que les teves pupil·les estaven clavades en les meves mans, sense bellugar-se, com si aprofitessis aquells petits moments per meditar, fent de les meves mans el teu objecte de meditació.

Suposo que recordes la situació incòmoda que vam viure l'última tarda del curs, abans d'acomiadar-nos. Va ser culpa meva, jo no hauria d'haver estat brusc ni sincer. Això no obstant, potser sobrevalorem la sinceritat, un concepte que no sé ben bé què significa. Tenint com tenim seixanta mil pensaments al dia, si volem ser sincers els hauríem de dir tots en veu alta, o almenys tots els que ens generen una determinada persona o situació: com que els pensaments són contradictoris, la nostra sinceritat mai no seria ni blanca ni negra, sinó grisa i caòtica. El cas és que ja m'havies explicat tot el que m'havies d'explicar, i jo t'havia agraït l'amabilitat i la paciència que havies tingut amb mi. Ara ja disposava de les eines per començar la pràctica de la meditació pel meu compte, a casa, com si es tractés d'una rutina gimnàstica, fins que a la llarga, em vas dir, guanyaria equanimitat. A la llarga trobaria un angle de pau des del qual viure, deixaria de ser un esclau de les circumstàncies, la felicitat ja no dependria del que s'esdevingués al meu voltant. Abans d'acomiadar-nos, però, com que em sobrava temps per agafar el vaixell i l'avió, em convidaves a veure un dvd que t'acabava de regalar la teva amiga Pema. «És un documental que promet molt», em vas dir. Acompanyaríem la sessió d'unes pastes de cabell d'àngel que havies fet tu mateixa «expressament per a l'ocasió». Et vaig donar les gràcies de nou i em vaig asseure a terra, damunt uns coixins enormes —de la botiga Natura— i davant un petit monitor que només feies servir per veure documentals seleccionats, com aquell. El dvd va durar una hora i escaig. Vet aquí el meu resum: hi ha un secret universal que ha romàs amagat durant segles, a desgrat que hi han tingut accés tots els personatges que han «triomfat», des de compositors fins a empresaris multimilionaris, passant per místics com Gandhi. El secret és l'anomenada llei de l'atracció, és a dir, el mètode per atreure a la nostra vida allò que desitgem, tant si es tracta de salut, com de diners, o d'amor. Encara que siguin desitjos aparentment impossibles. El documental es recolzava en frases dels següents testimonis: un «visionari», el «creador» del programa *Riquesa més enllà de la raó*, un «estudiós dels principis de la vertadera riquesa i prosperitat», i el coautor de l'«exitosa» sèrie *Sopa de pollastre per a l'ànima.* Joe Vitale, un metafísic que abans havia estat indigent, declarava: «Totes les coses que t'envolten ara mateix a la vida, fins i tot les que més lamentes, tu les has atret. Sé que aquesta idea et semblarà molt molesta, però jo te la dic a la cara». També atraiem, segons el documental, les malalties. Hi havia un capítol dedicat a la salut; com podies curar-te les pròpies malalties. Quan van sortir els crèdits, la veritat és que no gosava mirar-te. La sensació que se m'havia instal·lat a l'estómac anava molt més enllà de l'escepticisme. Era com si m'hagués pres una barreja de licors de garrafa. Tu, Umiko, amb la fesomia expectant, em vas preguntar què m'havia semblat.

—Si vols que et digui la veritat —et vaig dir—, m'ha semblat una americanada.

—Doncs a mi m'ha encantat —vas dir, amb una mirada embadalida de meravellament i felicitat—. Està explicat d'una manera una mica sensacionalista, però estic totalment d'acord amb el fons del que diu. —No sé si em va sorprendre més el fet que t'hagués agradat, o la innocència i naturalitat amb què m'ho havies dit. L'oreig lent movia les cortines. Em vaig adonar que sentia enuig. Em feia ràbia que una dona sensible i intel·ligent com tu pogués fer cas d'una americanada com aquella, i que una americanada com aquella hagués pogut tenir tant d'èxit. Ara sé que sentim enuig perquè tenim unes expectatives massa elevades sobre com haurien de ser els altres. Quan l'emoció ens domina, hauríem de sortir a fer un tomb, però mai expressar-la directament a qui ens l'ha provocada (en el fons ens la provoquem nosaltres), perquè és com llançar-li una galleda d'aigua bruta. I suposo que això és el que vaig fer, Umiko. No tant pel que et vaig dir, sinó per com t'ho vaig dir. Se'm devia notar una forta càrrega d'indignació a la veu i a la cara.

—Umiko, em sap greu dir-t'ho, perquè veig que a tu t'ha entusiasmat, i que consti que t'ho dic amb tot el respecte, però no entenc com a una dona intel·ligent i sensible com tu, que ha treballat molt en qüestions d'aquestes, li pot haver agradat aquest poti-poti de receptes fàcils. De vegades penso que com que els monjos zen gairebé no parlen, necessites acudir a manuals per tal de tenir una certa teoria, perquè ells no te la van saber donar. Aquí no hi ha cap mena de rigor. Et fan creure que tot depèn de tu. La manera com parlen és un insult a la intel·ligència de l'espectador. De fet, tot el dvd és un insult a la intel·ligència de l'espectador.

La teva cara es va apagar. Va ser el primer cop que et vaig veure seriosa. Em vas demanar que et disculpés, que anaves un moment al lavabo. Quan vas tornar, la pell del voltant dels ulls t'havia agafat un to malva. Et vaig oferir un mocador, i el vas rebutjar amb un gest de desdeny.

[Dimarts, 21] *Me'n vaig. Ho deixo córrer. Fa gairebé dues setmanes que sóc aquí i aquesta deu ser la quarta o cinquena vegada que penso seriosament a marxar. Potser seriosament no; fins que no ho he escrit en aquest paper no he vist clar que el millor seria deixar-ho córrer. Intueixo que al mestre no li agradaria saber que en aquests moments estic escrivint. Tampoc els agrada que llegeixi més del compte. Encara no sé com es diu, el mestre. Kazuo-san em suggereix que no he de llegir gaire, perquè corro el perill d'acabar vivint a través dels ulls d'un altre. Vol que em concentri en el present. De fet, per això he vingut. I per saber qui sóc ara, en l'instant en què escric aquestes reflexions amb la ploma estilogràfica que em va regalar el pare abans de morir. Del zen me n'interessa la radicalitat. El fet que sigui una pràctica radical, ambiciosa, que té l'objectiu d'alliberar la persona de totes les seves identificacions. Tallar els lligams que ens atrapen, que ens empresonen. Obrir portes més enllà de l'intel·lecte, d'això es tracta. Espero els koans amb candeletes. Em frenen de marxar, juntament amb la intuïció que si grato dins meu hi trobaré alguna cosa més. Som més grans del que ens diuen. Si grato dins meu potser em sentiré a casa. El nostre únic problema és la nostàlgia de l'autèntica llar. Jo em vull sentir a la meva llar dins aquest cos que darrerament ha tocat massa homes. Jo vull ser a casa, em trobi on em trobi. Em calia un trencament radical, per això vaig venir. Per això accepto aquest ascetisme. Tinc dos futons. En un hi dormo i en l'altre hi tinc la roba plegada; també m'hi estiro per llegir i escriure. Massa gran, aquesta habitació, per a una persona sola. M'agraden les parets de fusta, la imperfecció de la porta corredissa que de vegades salta dels rails damunt els quals està muntada. M'agrada la imperfecció de les bigues de fusta del sostre, troncs d'arbre poc treballats. La imperfecció de la finestra massa petita en comparació amb el sostre, altíssim. Sort en tinc, de la finestra. Em permet fugir, veure el camí que va a parar a la cuina. També em permet veure les flors de color taronja del nag champa. I sobretot em permet badoquejar davant l'auró, amb les fulles típiques de la tardor, les que semblen estrelles vermelles. Aquí el temps, aquest concepte curiós, no ha passat. Aquí no ha arribat la globalització, i continuen instal·lats en el món gran d'abans, de l'època dels meus avis. No hi ha ni taules ni cadires. Algú potser té amagada una connexió a internet per fer comandes; o no, perquè no hi ha comandes per fer. Quan l'empleat d'alguna fàbrica de menjar ens porta sobres, restes de sèrie, els monjos salten d'alegria. M'agrada, aquest aïllament. Al costat de la porta hi tinc un test amb un xiprer hinoki, un bonsai típic de la zona. N'hauré de tenir cura l'any que passaré al monestir —sempre que no me'n vagi. A l'altre costat de la porta hi ha una lleixa feta a mà per un fuster no gaire hàbil, plena d'irregularitats, que em serveix per desar-hi la tetera i la tassa de nacre, decorades amb caràcters xinesos. Hi ha també dos bols de fusta, l'un amb aigua i una flor de lotus, i l'altre amb còdols grisos. La flor de lotus la deuen haver agafat del llac, el llac que hi ha a mig camí entre el monestir i la casa del mestre. Un llac que desprèn una mena de magnificència. Quant als còdols, són iguals que els de les vores del camí de fusta que duu a la sala de meditació i a la cuina. El llac és immens, està ple de peixos i de flors de lotus que eviten que hi hagi massa algues i ajuden a mantenir l'aigua fresca, fins i tot a l'estiu, segons m'explica Kazuo-san. Jo, de moment, no he pogut comprovar les qualitats tèrmiques de la meva flor de lotus, perquè el fred de la tardor ja manté freda l'aigua. M'adono que potser, fent un repàs a tot el que hi ha a l'habitació, estic meditant. Igual que quan el monjo ens ordena que repassem totes les parts del nostre cos, com si la ment fos un escàner. Però ell no en té ni idea, del que és un escàner. No em cal fer aquesta tècnica per adonar-me que les meves cames són recipients plens d'agulles. Massa hores de meditar en la posició del mig lotus. Em diuen que d'aquí a uns mesos podré aconseguir la posició del lotus, i potser d'aquí a uns anys el doble lotus. Em diuen també que tinc sort de ser una dona, que les dones som més flexibles. I em diuen que si treballo durament a la llarga res no em farà mal, que no sentiré ni fred ni calor. Podré meditar enmig d'un camp glaçat o damunt d'unes brases. Però ja fa dues setmanes que treballo molt durament i no noto cap millora.*

Em desperto a les quatre de la matinada, em llevo ràpidament amb la sensació que he dormit cinc minuts, em rento la cara amb aigua freda, em vesteixo i me'n vaig a la sala de meditació. Per arribar-hi he de sortir a fora, i fa un fred que pela. Quan arribo a la sala de meditació em descalço, faig una reverència a l'estàtua del buda de la meditació, una reverència al monjo que ens controlarà durant les tres hores següents —s'enfadaria si sabés que dic que ens controla; teòricament vetlla per nosaltres, però a la pràctica ens pot pegar amb una vara si nota que ens despistem—, i també faig una reverència al coixí sagrat sobre el qual se suposa que m'arribarà la il·luminació. I aleshores comença el maleït dolor. Va de menys a més, i de més a menys; així durant les tres hores de meditació. Després sortim, fem uns exercicis d'estirament, i anem a esmorzar. Arròs, fruita, iogurt. Després d'haver cantat els sutres corresponents. Quan acabem, cadascú se'n va a treballar. A l'hort, al jardí, a la cuina. Després em permeten fer una migdiada de mitja hora, un temps valuosíssim que estic malversant per tal d'escriure aquestes ratlles. Tot seguit me'n vaig a la cuina, a treballar una mica més, abans de dinar. Quina poca varietat, pel que fa al menjar. No hi ha carn, perquè estimula l'agressivitat. Hi ha verdures bullides, verdures en escabetx, verdures assaonades. Amb una mica de sort hi ha arròs i fideus. Però tot ha de ser lleuger, perquè després sant tornem-hi: tres hores més de meditació, i tres hores més abans de sopar. Una disciplina molt dura, però no és això el que m'espanta. Em fa por estar perdent el temps, sortir d'aquí sense haver après res. Tinc la sensació d'haver après més amb la traducció de llibres introductoris al zen que no pas amb els especialistes en zen. Aquí no hi ha teoria que valgui. Tot i que, potser, la teoria s'imparteix a la casa que hi ha a l'altra banda del jardí. Després de la meditació del matí, tots els monjos, sense excepció, fan cua davant aquella casa. Una casa petita, de fusta, amb dues roques colossals al davant, recobertes de molsa. Allà hi viu el mestre. Els monjos van a veure'l cada dia, però jo ho tinc prohibit.

Els monjos fan coses que jo tinc prohibides. Ells avancen, i jo em quedo enrere. A ells no els costa gaire mantenir-se desperts durant la meditació, si bé Kazuo-san em diu que tots s'han adormit alguna vegada. Això no em reconforta. Si almenys pogués adormir-me sense caure... Ahir, durant la meditació del matí, després d'una lluita ferotge, la son em va vèncer. Com que encara no domino la posició de mig lotus, vaig caure i vaig donar un cop fort amb el cap a l'esquena del monjo que meditava davant meu. El monjo que ens controlava es va enfadar amb mi i em va enviar a treballar a la cuina. No entenc per què els serveix tanta pràctica, si igualment s'acaben emprenyant com qualsevol mortal. El cas és que em sembla que estic retrocedint. Ni tan sols puc parlar amb el mestre i deixar-me aconsellar. Vaig venir al monestir per mitòmana i immadura, i ara ho pago. Se m'adorm una cama encara que estigui de genolls o estirada. Ara mateix estic repenjada a la paret i em vénen ganes de tallar-me les extremitats. De vegades, durant les nits, tinc unes rampes tan fortes que m'haig de mossegar per no cridar. Se m'inflen les venes de les cames; semblen a punt d'esclatar. Però el pitjor no és això, perquè al capdavall el dolor físic s'acabarà esvaint. El pitjor és haver estat gairebé dues setmanes al monestir i no haver après res. Kazuo-san em diu que encara estic plena dels valors de fora. Que tinc massa pressa. Que l'aprenentatge, perquè sigui de debò, necessita bullir molt lentament. Kazuo-san diu que ara mateix sóc una tassa de te foradada: per molt que vagi servint te, mai no s'omple. Per això, segons ell, abans de res he d'arreglar la tassa. Un cop la tassa estigui bé, el contingut no s'escaparà per enlloc i jo m'ompliré del te de la saviesa. De moment Kazuo-san és el més semblant que tinc a un mestre. Jo em pensava que seria diferent, que el mestre del monestir seria més accessible, disposat a solucionar els dubtes dels deixebles. Però ja fa dues setmanes que sóc aquí i només he parlat amb ell el dia que vaig arribar. Després l'he vist pels jardins del monestir, caminant com si levités, amb el somriure gravat a la cara, vestit amb un hàbit senzill de mànigues amples que no és ben bé un quimono. Quan el veig, mentre treballo a l'hort o netejo el jardí o ajudo a cuinar, només em puc inclinar davant seu, però no puc parlar-hi. Són les ordres que he rebut del monjo major, el que ens controla a la sala de meditació i ens corregeix. No puc parlar amb el mestre fins que ell no em parli, o em faci cridar. Més d'un cop he estat temptada d'abraonar-m'hi i deixar-li anar tots els meus dubtes. Em pregunto què passaria. Si continuaria somrient, o bé arrufaria el nas. Si em respondria, o bé marxaria com si res, amb el seu pas vaporós.

La veritat és que des que he entrat al monestir em noto més nerviosa. Abans ni se m'hauria acudit abraonar-me damunt de cap persona. La meditació em tensa com la corda d'un violí. I a pesar d'això, no aconsegueixo concentrar-me. M'agradaria poder enraonar-ho amb el mestre, perquè Kazuo-san només somriu i em diu que tingui paciència. Quan vaig arribar al monestir em va rebre Kazuo-san, em va preguntar què volia, li vaig dir que volia parlar amb el mestre per preguntar-li si em podia quedar un temps i aprendre les ensenyances del budisme zen de Rinzai. Ho vaig dir així, amb una convicció infantil. Kazuo-san va somriure, i no em va dir res. Al cap d'uns minuts va aparèixer un home alt, d'uns cinquanta anys, que s'assemblava molt poc a la imatge que jo tenia d'un mestre. Me'ls imaginava més vells, els mestres —centenaris. Els seus ulls eren dolços i líquids, com d'oli. Li vaig fer una reverència, una inclinació breu, i quan li volia explicar per què m'agradaria quedar-me una temporada al monestir, ell, amb veu suau però eixuta, se'm va avançar, em va dir que no acceptava hostes al monestir, i em va desitjar un bon dia. Va adreçar unes paraules a Kazuo-san que no vaig entendre, el deixeble li va fer una reverència, i tots dos van desaparèixer. Aleshores em vaig posar a plorar. Res a veure amb el plor atònit del dia en què em va trucar un fun-

cionari informant-me de l'accident de cotxe dels meus pares. M'havia costat molt de prendre la decisió de tallar amb tot i venir al monestir. No m'hi acabava d'atrevir, enganxada com estava a la vida còmoda que feia. Bé, còmoda però plena de fugides endavant. Vistes amb distància, les meves relacions amb els homes eren fugides endavant, per tal de no acceptar la impossibilitat d'enamorar-me. Em ficava al llit amb ells, i l'endemà tota jo era un calvari de penediment. El sexe havia estat un anestèsic. L'endemà les ferides existencials seguien intactes. Els cossos l'un damunt l'altre mirant d'alleujar les ferides existencials; quina candidesa. La feina era una mena de refugi, tot i que havia estudiat traducció amb la il·lusió de dur a la cultura japonesa els millors clàssics de l'anglès i havia acabat traduint manuals d'autoajuda. Em pagaven molt més per traduir autoajuda; i a més, no eren llibres que jo menystingués. Sempre m'han agradat, els clàssics i els manuals d'autoajuda. És una barreja que alguns amants, en veure-la als prestatges de casa, m'han criticat. Però jo sempre els dic el mateix: l'art i la vida es complementen. Els clàssics són art, i els manuals d'autoajuda són vida. És una afirmació amb trampa, ho sé, perquè tota bona obra d'art ha de traspuar vida. Els manuals m'havien servit per aprendre a descarregar la ira, per aprendre a dir que no, per gestionar la por, per ser més amable. No m'havien servit per aconseguir amics, amics i prou, que no volguessin acabar al llit amb mi. Tampoc m'havien servit, els manuals d'autoajuda, per aprendre a meditar —i això que n'havia traduït. També per aquest motiu vaig venir al monestir. El cap m'anava a mil per hora. Estava cansada de mi mateixa. De viatjar amb mi mateixa. De viure amb mi mateixa. I de traduir com una boja. Una recerca inesgotable de sinònims i expressions concretes. Un mirar amb lupa un alfabet diferent del teu. Trobar l'expressió exacta. Em passava dies tancada a casa, sense relacionar-me amb ningú, fent els folis que m'autoimposava per tal d'entregar a temps el llibre. M'havia anat tancant des que els pares havien mort, just quan s'acabaven de comprar la casa a Nara, una ciutat famosa pel brot de la sakura, la flor del cirerer. M'havia anat tancant, però em trobava i em trobo molt bé en soledat, massa. M'ho retreien tots els homes que passaven per casa. Tampoc tants; els amants habituals per a noia de vint-i-pocs anys que no es vol lligar a ningú. Homes solters o casats, amb nòvies o sense. Nòvies diligents que saben cuinar. Els meus amants només tenien un punt en comú: unes mans precioses. El primer que em crida l'atenció d'un home són les seves mans. M'és ben igual que tinguin unes dents caòtiques, una panxa de buda, o poc cabell, i que no hagin llegit ni un llibre. No anava amb ells per tenir converses elevades; de fet, de vegades sentia que els utilitzava. Aquesta sensació m'assaltava a les tres o a les quatre de la matinada, quan havíem acabat de fer sexe i ells es volien quedar a dormir. No sabia com dir-los que si us plau marxessin a casa seva, que no era que no m'agradessin, però que em volia llevar sola, i no amb un cos amb el qual no em venia de gust compartir el cafè, les torrades, la mantega, la suggestió de soledat del menjador quan surt el sol. Suposo que en el fons no buscava la carn, sinó l'afecte. Pelava la carn com si pelés una ceba, buscant algun centre sota les capes. Al final m'adonava que les capes de la ceba no són l'embolcall d'un centre. I tot començava amb les mans dels homes, unes mans masculines, fermes, ben fetes. Sobretot m'agraden les mans amb alguns pèls. Costa trobar-ne.

Allà, palplantada a la porta del monestir, vaig plorar. Havia de tornar a casa. No volia anar a cap altre monestir. Havia de ser aquell. El mateix monestir que cinquanta anys enrere havia acollit el poeta de la generació beat Gary Snyder, amic de Jack Kerouac fins que les diferències van ser massa grans. Kerouac era la superficialitat, l'hedonisme, l'adolescència perpètua. Snyder era la profunditat, la felicitat serena. Kérouac era jo mateixa. Snyder era aquell en qui volia convertir-me. El 1956, cansat de la vida fàcil, Snyder va anar a viure al monestir que m'acull a mi ara, per formar-se en el budisme zen Rinzai. Seguint aquest camí es pot aconseguir la il·luminació del satori a través de la meditació i la resolució de koans. Els koans, per a qui no ho sàpiga —en cas que aquest dietari s'arribi a publicar mai—, són enigmes que proposa el mestre i que no tenen solució lògica. Jo era una mitòmana i havia de ser aquest monestir el que m'acollís, i no pas cap altre. I ara estava plorant a fora. No sé com, però de sobte em va envair una sensació de coratge: alguna cosa de molt dedins meu em va dir que no me n'anava. Tampoc tenia res millor a fer, havia entregat l'últim llibre, i les editorials amb què treballava ja sabien que estaria un any fora; deixaria de ser una fàbrica de produir traduccions durant un any. Ningú no m'esperava a casa. Sempre he estat dona de pocs amics. I la majoria d'amics al cap de poc temps es convertien en amants. Amb la qual cosa deixaven de ser amics, i amants al cap de tres o quatre mesos, o cinc o sis com a màxim, quan es cansaven d'esperar alguna aproximació per part meva. No m'enamorava ni en pintura. Em sabia greu, em sentia culpable perquè no els responia els emails i les trucades al ritme que ells haurien desitjat; o perquè els demanava si us plau que marxessin de casa, perquè volia dormir sola. No, allò no tenia res a veure amb ells; eren cabòries meves. Però tot això és passat: ara jo era davant el monestir, com si diguéssim expulsada abans d'entrar. Els monjos no m'hi volien. Em vaig asseure a terra, entre les fulles de principi de tardor. N'hi havia moltes. M'hi vaig passar una bona estona, enmig de les fulles, arraulida. Mirava el jardí, amb flors de tardor: l'aràlia, formada per petits claus blancs que esclaten des del centre. Mirava els crisantems blancs, vermells, grocs. Els aurons de fulles vermelles, els desmais, els salzes, el nag champa. Darrere dels arbres sobresortia el monestir, amb les puntes del sostre aixecades cap al cel, com una geisha que s'aguanta el vestit mentre baixa les escales. Vaig badoquejar una bona estona, hores, diria, fins que me'n vaig cansar i vaig posar-me a treballar al jardí. Em vaig arremangar les mànigues de la camisa, vaig desar la bossa damunt una pedra, i em vaig posar a recollir fulles del terra. Cada matí, quan passo per l'entrada del monestir per anar a la sala de meditació, em recordo agafant el fullam. Fulles vermelles, taronges, grogues, totes menudes. Cada matí em recordo allà trencant amb la mà les branques seques, i aquesta visió, no sé per què, em dóna forces per afrontar les tres hores de meditació, els músculs bullint. Vaig passar-m'hi hores, recollint el jardí. Traient les fulles seques del bambú, arrencant de les pedres la molsa feta malbé. Fins que es va fer fosc i ho vaig haver de deixar córrer. De tant en tant passava davant meu algun monjo, em somreia, i continuava el seu camí. Vaig començar a intuir que el somriure d'un monjo budista no és res personal, que és la representació visible, o la metàfora, d'alguna cosa que hi ha més enllà i que desconec. Va arribar la nit, la son, la gana, el fred. Em vaig quedar arraulida al forat de l'escala. Em vaig tapar amb un jersei. No volia tornar a casa. Vaig intentar dormir. Aleshores, tot va començar a canviar. Estava mig endormiscada quan davant meu es va palplantar el monjo que m'havia rebut —ara sé que es diu Kazuo-san— dedicant-me un somriure, i amb un plat de verdures en escabetx a la mà. Me'l va deixar al costat, com si deixés el menjar per a la gata, i va marxar ràpid. Vaig deduir que estava fent una cosa que no estava permesa. Per cert, mentre em deixava el plat li vaig poder mirar les mans: eren menudes i femenines, com les d'una mare. Aquella nit vaig devorar les verdures i vaig dormir profundament. Al matí següent em van despertar unes passes al meu costat, unes rialles: una dotzena de monjos mirant-me des del jardí. Em vaig incorporar, els ossos adolorits; jo també vaig mirar i de seguida vaig veure el mestre. Sacsejava els arbres. Les branques es movien i deixaven anar tot de fulles que es dipositaven suaument a terra. De nou el jardí va quedar com una catifa. La imatge va ser bonica, amb el mestre embolicat en la tela de mànigues amples i els arbres en moviment deixant anar fulles vermelloses i grogues, però jo em vaig indignar: el terra estava com el dia abans, com si jo no hagués recollit les fulles, i la meva feina no havia servit de res. Sense donar-me ni temps a reaccionar, Kazuo-san va agafar la meva bossa, el plat buit, i va entrar al monestir, seguit de la resta de monjos. Quan tots eren a dins i al jardí només hi quedàvem el mestre i jo, el mestre se'm va apropar, em va donar la mà i em va dir: «El resultat no té cap importància. Allò important és el treball que has fet. I jo te l'agraeixo». I em va empènyer amb suavitat cap a l'interior del temple.

Al jardí, quan he acabat de llegir les primeres pàgines del dietari, sota el petit fanal de l'entrada, m'he dit que no jutjaria res del que hi vas escriure. Hi havia un mosquit, però l'he espantat, i llavors ha tornat a venir, fins que he decidit que el seu zumzeig seria una bona pràctica meditativa, que si em picava doncs m'aguantaria, i amb una mica de sort el dolor lleu em serviria per meditar uns instants; fins que m'ha picat i he decidit pujar. Abans he badat uns instants davant les palmeres, les fulles esbategant, i al lluny el vent furiós sobre el mar alçant una polseguera d'escuma, com fum de partícules de vidre. M'hauria estimat més una nit calorosa, l'aire immòbil, sense les onades empenyent-se, saltant l'una damunt l'altra, com devies fer tu amb els homes amb què te'n vas anar al llit abans d'entrar al monestir, saltar l'un damunt l'altre, cosa que em sembla molt bé, tanta vida viscuda, i encara més si ho mirem des de la perspectiva actual, pobra Umiko, o més ben dit, no em sembla ni bé ni malament, perquè ja t'he dit que no penso jutjar res del que llegeixi. Ja saps que a l'ego li encanta jutjar per tal de fer-nos sentir diferents, superiors als altres; el mateix poder tenen les banderes, les pàtries, els equips de futbol, el d'atorgar-nos una identitat pròpia, una il·lusió. No cal que et digui que les primeres pàgines del dietari han canviat la meva percepció del teu passat recent, atès que jo em pensava que era arcàdic (el lleó al costat del xai, la rosa sense espina) i que la serenor la duies als gens. Ben al contrari, la serenor per a tu ha estat una conquesta. Les meves peripècies amb la meditació no són res en comparació amb les teves. Deixa'm canviar de tema: em sembla que per fi t'enraono amb la veu que m'havies demanat. Em falta ben poc per generar la vibració especial. La Pema, si ho sabés, estaria contenta. Ha dedicat uns minuts de la tarda a explicar-me com es genera aquesta vibració. Segons ella, hi ha un sinònim —«potser el coneixes», m'ha dit— que se sol utilitzar en els vostres àmbits místics: «un estat elevat de consciència». Jo n'havia sentit parlar, si bé l'associava a pràctiques més elevades que no pas una senzilla meditació. Doncs bé, aquí és on hauria d'arribar jo per tal que la primera part de la nit fos reeixida.

—Pema, això sona molt grandiloqüent. Deuen fer falta anys de pràctica. D'entrada no sabria ni com posar-m'hi —li he respost.

—No és res de l'altre món, guapo. I menys per un bon orador com tu.

—No et pensis. Un dia, dalt d'un escenari, em vaig quedar en blanc. De sobte vaig tenir mocs. Jo no crec que sigui un bon orador. El que sé fer millor és escoltar. I darrerament ni això, perquè gairebé tot el que escolto em sembla xerrameca banal.

—No hi estic d'acord, que no siguis un bon orador. La Umiko m'ha dit el contrari. Jo no et puc escoltar, a la ràdio, perquè tinc clientes a la teràpia, però es veu que parles molt bé. D'una manera espiritual.

—Ho deu dir perquè callo. La meva especialitat són els silencis, i els silencis són fantàstics perquè cadascú els interpreta com vol. Si ets intel·ligent, et semblen silencis intel·ligents. Si ets un cagadubtes, et fa l'efecte que dubto.

—En qualsevol cas —ha prosseguit la Pema, amb intenció clarament pedagògica: jo era un analfabet en les qüestions que ella dominava—, sàpigues que qualsevol bon orador, en el moment en què parla davant un auditori i aconsegueix connectar profundament amb el públic, està generant un estat elevat de consciència. Perquè clar, alguna cosa canvia en l'atmosfera. El mateix passa amb els cantants, els músics, els actors: de cop i volta el públic connecta amb una part d'ells que els transcendeix.

—La teva amiga, per tal de donar més pes als seus arguments, ha anat a buscar una carpeta, si fa o no fa com la meva, però molt més gruixuda i coberta de dibuixos taoistes blancs i rosats. N'ha tret un article que tractava el tema. He pensat que, a la seva manera, també mirava de ser rigorosa, com jo. Amb la diferència que ella buscava rigor en temes aeris, inconsútils.

—En el cas dels músics, quan generen un estat elevat de consciència, els assajos comencen a sonar de manera diferent. Mira, aquí tens un article que ho explica superbé. Parla d'un músic que es diu Werner Thäricgen, percussionista de la Filharmònica de Berlín. —La Pema ha pronunciat el nom alemany a la perfecció. Es nota que té moltes clientes alemanyes a la teràpia d'harmonització

Òsties!
eteris
Ok allemdun

energètica.— El Thäricgen aquest explica que quan el director Furtwängler entrava a la sala d'assajos tothom percebia que alguna cosa canviava en l'aire. O sigui, entrava a la sala d'assajos, i les interpretacions començaven de sonar d'una manera diferent: es deia que duia la música amb ell. En realitat Furtwängler, com qualsevol artista genial, connectava amb un estat únic, generava una vibració única, i la mantenia durant el temps en què dirigia l'orquestra. Qui sap, escriu l'articulista, si la tècnica principal d'un artista consisteix a aprendre a entrar en aquest estat i mantenir-lo durant el temps necessari (i ser prou llest per adonar-se del moment en què l'estat l'abandona). Jo crec que l'art, igual que la curació que ens proposem per a aquesta nit, consisteix en una intensa comunicació psíquica transpersonal. Com deia Buda, ens comuniquem de la meva ànima a la teva ànima. Perquè clar, això que anomenem ànima, acaba dient l'articulista, no és una altra cosa que energia.

—És bonic —li he dit a la Pema—. Llàstima que jo no sigui ni un artista genial, ni tan sols un artista. Enraonar ho pot fer qualsevol. Ho fa qualsevol.

Durant uns minuts més ha continuat dissertant sobre el tema, vinculant-lo ara amb la psicologia, suposo que amb l'objectiu que jo veiés més factible arribar a aquest estat. M'ha informat que un estat elevat de consciència també té a veure amb «sortir del jo i fluir amb les circumstàncies». Es tracta d'entrar en un estat de flux, tal com ha descrit aquell psicòleg de nom impronunciable que la teva amiga m'ha lletrejat una i una altra vegada a la perfecció, Csikszentmihalyi, del qual m'ha ensenyat els llibres, manuals d'autoajuda, tot i que és degà del departament de psicologia de la Universitat de Chicago i els seus col·legues el critiquen perquè hauria d'escriure textos més acadèmics. Doncs bé, ell utilitza el terme *fluir* per explicar l'estat en què estem tan immersos en la nostra tasca que ens elevem per damunt del nostre jo i experimentem una forma de felicitat, segurament la més autèntica. Es veu que la tasca —«com la que faràs aquesta nit», m'ha dit la Pema— no ha d'estar per sobre de les nostres possibilitats, si bé ens ha d'exigir el màxim d'atenció i esforç. Csikszentmihalyi parla de «l'experiència òptima» per referir-se als moments en què tenim la sensació que tot depèn de nosaltres, que som amos del nostre destí: la que sent un mariner que subjecta una corda mentre el vaixell avança fulgurant, o la que sent un pintor quan els colors del seu quadre comencen a mostrar una tensió magnètica els uns amb els altres. Moments que no són passius, sinó que s'esdevenen quan el cos i la ment han arribat fins al límit del seu esforç voluntari per aconseguir una cosa diferent i que valgués la pena. Els pot experimentar algú que cuina, o algú que parla.

—Quan notis això a l'estómac —ha reblat la teva amiga— voldrà dir que hauràs aconseguit l'estat elevat de consciència.

Em sembla, Umiko, que ho estic començant a sentir. Estic molt ficat en el discurs, si és que del que estic fent se'n pot dir discurs. No vaig tenint pensaments paral·lels a mesura que et vaig enraonant. Aquest seria, sens dubte, tal com m'ha dit la Pema, el principal obstacle per entrar en l'estat elevat de consciència, o per generar la vibració especial: distreure'm. Conec molts oradors, professionals dels mitjans audiovisuals, que expliquen una cosa mentre pensen en una altra. Normalment això és relativament fàcil que et passi si llegeixes alguna cosa que no t'importa gaire. La veu va per un cantó, i la ment per un altre. Hi ha presentadors de telenotícies que parlen de la crisi econòmica mentre mentalment van fent plans pel cap de setmana, igual que alguns actors mítics han reconegut en les seves memòries que de vegades recitaven Shakespeare mentre pensaven en la roba estesa, i, concretament, en els calçotets. Quant als presentadors televisius, aquesta manca de sintonia entre els pensaments i la parla es nota en el fet que s'entrebanquen tot sovint. Si veus algú que s'entrebanca mentre presenta una notícia, vol dir que o bé no domina la matèria de la qual enraona, o té el cap a una altra banda. Et farà gràcia saber que una emissora espanyola ha fet un curs als seus locutors perquè s'entrebanquin més, a fi de transmetre més naturalitat i, ser, com si diguéssim, més persones. Sonaven tan perfectes i encarcarats que perdien oients.

—El secret —m'ha dit la Pema— és que estiguis molt concentrat en el que dius. El màxim d'atenció i esforç. I que siguis conscient que la Umiko s'hi juga molt, en l'exercici. No et voldria pressionar més, però... s'ho juga tot, d'acord?

M'estic avançant. Anem a pams. Una hora abans, de la platja on encara hi havia aquella noia prenent el sol, practicant el nudisme, la teva amiga m'ha dut fins a casa seva amb un cotxe atrotinat que deus conèixer de sobres, un Seat Panda de segona o tercera mà pintat de verds i roses pastel, amb els seients malmesos, plens de sorra i d'engrunes de pa. Com que la pols dels vidres filtrava la claror de la tarda i la feia més opaca, he abaixat la finestra: l'aire de l'illa es començava a daurar i conferia als emblanquinats blavissos de les façanes un toc d'irrealitat. Ha entrat una ràfega de vent que ha escampat la cendra damunt les mans de la Pema, si bé ella ha continuat fumant i conduint com si res. Li he dit que era una sort, poder viure en aquesta illa. «Sens cap mena de dubte», m'ha contestat, «sobretot durant la tardor i la primavera, perquè a l'hivern hi bufa massa vent i a l'estiu s'omple de turistes italians i espanyols: sembla que competeixen entre ells per veure qui fa més fressa. Sort que al setembre arriben els alemanys, que van per l'illa com de puntetes». Això no obstant, ella en viu, dels turistes italians, ja que són els principals clients de la botiga: hi ven des de teixits asiàtics, fins a estampats damunt teles sumptuoses, passant pels quimonos. «Com veus, estic molt influïda per la Umiko», m'ha dit gesticulant amb tot el cos, talment una italiana. Abans de la teva malaltia, la Pema devia tenir un caràcter xiroi, una actitud oberta de bat a bat. Dit sigui de passada, l'altre dia vaig llegir un estudi en què s'hi afirmava que les persones de caràcter expansiu contrauen menys càncers que no pas les reservades (disculpa'm; potser no hauria d'haver fet aquest comentari). La Pema em continuava explicant, mentre jo m'agafava al seient, preparant-me per al pròxim sotrac del xassís, que fa més hores que un rellotge, perquè quan té la botiga tancada, durant els migdies i els vespres, es dedica a la clientela de les teràpies, la majoria dones. Van a casa seva, es relaxen en una sala que anomena «l'habitació del relax» (amb tants coixins, sembla un bon lloc per fer-hi una becaina) i després les clientes surten al menjador, s'estiren damunt la llitera i se sotmeten al seu reiki sofisticat per tal d'alleujar mals d'esquena i migranyes. A la porta de la casa, petita i blanca, d'una sola planta, el rètol deixava ben clara quina és la seva vertadera vocació: «Teràpia de l'aura».

Però tot això ja ho saps, benvolguda Umiko. Tirem endavant. La Pema ha anat al gra. Al rebedor s'ha tret les sabatilles, m'ha demanat que em descalcés jo també i un cop al menjador ha deixat la bossa a terra, s'ha apropat a la minicadena a posar un cedé titulat *Asian chill out* (ha sonat tota la tarda), ha cargolat una altra cigarreta, però aquest cop de marihuana, i m'ha dit: «Començarem assajant el que faràs durant la nit». Sense transició s'ha estirat a terra, damunt una catifa plena de dibuixos d'elefants, i he pensat que la teva amiga era amant de les extravagàncies, però no he seguit el fil d'aquest pensament, ja que de seguida ha reblat: «Així estarà la Umiko durant tota la nit: estirada al futon i adormida. Però no et dic res de nou». No em deia res de nou perquè me n'havia assabentat per ella feia una estona, a la platja. Tu només m'havies dit que t'hauria de parlar generant una vibració especial, en cap cas havies esmentat el fet que estaries adormida; però no tenia sentit embrancar-nos en una xerrada sobre el que m'havies dit i el que no. «Pregunta'm quins dubtes tens», m'ha etzibat mentre feia la primera calada del cigarret de marihuana, expulsant el fum cap al sostre. He pensat que la teva amiga no només era amant de les extravagàncies, sinó que feia una mena de sobreactuació com les actrius aficionades —estàs jutjant, m'he dit—, però de seguida he tingut un altre pensament, un pensament sobre tu, del qual em penedeixo. Sí, ja sé que no ens podem sentir culpables d'allò que pensem, que no som els nostres pensaments, que molts són erronis. Fa mig any em vas ensenyar que cada dia desfilen pel nostre cap seixanta mil pensaments com si fossin núvols, uns núvols que s'esfilagarsen o es dissolen en el blau si no són objecte de la nostra atenció, però que es converteixen en tempesta si ens hi fixem gaire: la majoria de persones viuen convençudes que són aquesta tempesta, que així és el seu temperament, que no hi ha res a fer. He pensat, mirant la Pema, i fent una associació d'idees amb tu i el que m'esperava aquesta nit: «Serà com parlar a un cadàver». Amb tot, he deixat que el pensament desfilés com un núvol, he fet un cop d'ull al meu voltant i he generat un altre pensament, aquest en relació amb la decoració de la casa: hi ha cases en què els detalls són tan eloqüents com en la ciència exacta. No m'han sorprès gaire les deu o quinze figuretes de Buda envoltades de centenars de pètals de rosa, escampats pel terra del rebedor. Ni els pètals escampats damunt la taula del menjador, la de la cuina, damunt el marbre del lavabo enmig de l'assecador i el líquid per a les lentilles (i un desodorant marca Veritas). Pel que fa a l'ordre hi ha dues escoles, la que afirma que les persones amb ordre interior solen ser desendreçades, i la que afirma que tal com tens la casa, així tens la ment. El que m'ha sorprès, Umiko, és la imitació que la teva amiga ha fet de l'estil japonès clàssic. La casa té poques finestres i totes són petites, com la finestra de la cambra del monestir zen, de manera que la llum natural és escassa, i la poca que hi ha és filtrada i esmorteïda per unes cortines japoneses que em sembla que s'anomenen *shôji*. La intenció de la Pema, segons m'ha dit més tard, era fer de les ombres un objectiu estètic. Remarcaven aquest efecte les parets nues, arrebossades de grisos i tons neutres. La bellesa d'una estança japonesa, m'ha dit més endavant, depèn del joc d'ombres més o menys intenses que s'hi produeix. Fins i tot la tassa en què m'ha servit el te imitava l'estil japonès: una tassa gastada, amb el blanc de la ceràmica que s'està tornant marronós, profund. La tetera no està brunyida perquè a la Pema li agrada veure com la superfície va perdent el llustre i amb el temps es va enfosquint; la bellesa es troba en la imperfecció. Veient que la teva amiga s'estava impacientant he parat de cavil·lar, i mentre ella apagava la cigarreta en un got d'aigua li he deixat anar tots els dubtes a raig, talment un entrevistador incontinent:

—¿Per què aquesta nit és tan decisiva? ¿Quin paper hi tinc, en la curació de la Umiko? ¿Per què no en té prou amb la meditació i les visualitzacions? ¿Per què estarà adormida? Mentre li parlo, si està adormida, ¿com em podrà escoltar?

A partir d'aleshores ha parlat i parlat, amb la veu clara i vibrant. Tan sols ha interromput el monòleg per aixecar-se, tres o quatre vegades, a buscar alguns manuals d'autoajuda, la carpeta amb els articles, suc de llimona, te blanc i marihuana. Fumava la marihuana amb dits negligents, i al principi no semblava que l'herba li fes cap efecte. Al vespre me n'ha ofert però he rebutjat la invitació: la marihuana em fa venir son i, a més, com que no sé fumar, m'ennuego i no paro de tossir (tanmateix, m'agrada veure les dones que fumen). En un altre moment m'ha ofert un suc de sàlvia i llimona que està prenent per depurar l'organisme. A mesura que avançava la tarda, els seus ulls semblaven més grossos, com si s'estiguessin dilatant artificialment. Ha estat asseguda a terra, al sofà, amb el cap recolzat contra els coixins granatosos, mirant-me ara els ulls, ara el sostre, l'encens, el porro. Hi ha hagut moments en què tenia la respiració ansiosa i els narius gairebé tan dilatats com els ulls —el pírcing era l'únic punt estable del seu nas. En una altra ocasió, en veure'm pàl·lid, m'ha ofert gotes de Bach a fi de dissoldre la tristesa i l'angoixa: m'ha fet obrir la boca i n'ha dipositat unes quantes damunt la llengua, amb gust de licor (però això ja t'ho he dit). Hi ha hagut dues estones inquietants: la mitja hora que ha dedicat a esbrinar com estava jo energèticament i l'estona que hem tingut una lleugera picabaralla al voltant de la segona part de l'exercici d'aquesta nit: l'acte de clausura. Un acte simbòlic (així el qualifica, tot i que de simbòlic no en té res). D'aquí a una estona te'n parlaré. Només de pensar-hi, em puja un calfred per l'esquena. No entenc com has acceptat tancar la nit d'aquesta manera. Suposo que per això t'has despullat: ja estàs a punt.

Pel que fa a la teràpia energètica, en un racó del menjador, al costat del suro clavat a la paret, que coneixes prou bé perquè hi ha unes quantes fotos de tu i la Pema fent excursions per l'illa, hi ha la llitera en què m'he estirat a mitja tarda (després de passar per l'habitació del relax). Al suro hi té una foto deslluïda, en blanc i negre, en què apareix una noia amb la cara bruta de fang. «Sóc jo en una vida passada», ha especificat. No feia broma. No he volgut jutjar-ho, i, seguint les seves instruccions, m'he estirat damunt la llitera, tot jo cobert amb una gran tovallola blanca, amb els ulls tancats, fins que ha començat a moure els braços i les mans a uns vint o trenta centímetres del meu cos, per tal de comprovar si els meus camps energètics tenien «una forma i un ritme coherents», uns camps energètics que es veu que no només envolten el cos sinó que l'interpenetren. La famosa aura, que ara es pot mesurar científicament. He entreobert la parpella i he espiat com movia els dits damunt el meu cap, com si toqués una arpa imaginària. Al cap de vint minuts m'ha anunciat que estic bé energèticament, si bé a la columna vertebral hi tinc un lleuger desviament: m'ha enumerat la vèrtebra exacta. Sense haver-me tocat ni un moment. Fa cinc anys una radiografia em va informar del mateix.

Abans, durant la tarda, el seu discurs ha estat clar i català. Quan et van diagnosticar el càncer, la teva endurança davant l'adversitat la va deixar parada. Com que era la teva millor —i única— amiga sabia perfectament que no dissimulaves: no et tancaves a casa a plorar. No hi va haver un plany de patiment. La teva fesomia ni tan sols va agafar un aire pensarós. Estàveu en contacte cada dia, t'acompanyava als metges, a fer-te més proves, igual que ara, de tant en tant, et va a comprar al supermercat i a la farmàcia (tan sols medicaments homeopàtics i antioxidants). Ni després del primer ni segon diagnòstic vas fer el que seria lògic: negar la malaltia, fer veure que no existia. Tampoc vas muntar cap drama preguntant-te què havies fet per patir aquell mal, per què t'havia tocat a tu. No vas sentir-te confusa, ni fracassada, ni desesperada, no et llevaves a mitja nit sanglotant com si tot plegat fos un malson, sense disposar de mesos suficients per acceptar el càncer. Sense l'esperança de constatar les lleugeres millores que dia a dia són el gran motor del pacient. Sense l'entorn familiar i d'amistats que ajuda a esmorteir el cop emocional. Ni tan sols vas fer plans per aprofitar l'últim tram de vida, acomiadar-te dels éssers estimats, encara que fossin pocs, deixar els papers legals arreglats, els del Japó i els d'aquí, decidir què faries amb els escassos objectes atresorats durant els últims anys, a qui donaries els llibres amb anotacions de lletra petita i aràcnida, si es publicaria o no el teu dietari. O, en l'últim extrem, tampoc vas pensar com volies que fossin els funerals, o la cerimònia de llançar les teves cendres al mar amb la qual temps enrere, una tarda de marihuana, havíeu fantasiejat amb la Pema (m'ha dit que Umiko en japonès vol dir *filla del mar*). Vas continuar sent la de sempre; segurament més hermètica, però la de sempre. Quan vas saber el diagnòstic, com si haguessis esperat aquell moment des de feia anys, amb tota la naturalitat del món li vas dir a la Pema que l'univers t'informava que hauries de meditar més. Vas fer cas de totes i cadascuna de les recomanacions de la teva amiga quant als suplements antioxidants, algues i fongs diversos, i encara te'ls prens. Però abans hi va haver l'escena de l'hospital: havíeu anat a demanar una segona opinió mèdica, t'havien tornat a fer el recoi de ressonància magnètica, havies estat tres quarts d'hora dins el tub grisós i angoixós, amb soroll de ferros martellejant-te l'oïda, un temps que vas aprofitar per meditar, fent de la fressa un objecte de meditació, una actitud radicalment oposada a la dels pacients que es passen l'estona observant la infermera a través del petit mirall en forma de retrovisor, fins que ja no poden més i belluguen les cames suplicant que els tregui d'aquella màquina que té alguna cosa de taüt (hi ha molts atacs d'ansietat, allà dins). Quan en vas sortir estaves tan assossegada que, al bar de l'hospital on vau anar a fer temps, et vas prendre un cafè. Era el primer cop que la teva amiga et veia prendre un cafè, i de fet encara es pregunta si va ser la cafeïna la que et va fer reaccionar com vas reaccionar quan al cap de dues hores el doctor et va dir, sense saber com dir-t'ho, amb els ulls encongits, que ho sentia molt, que es confirmava la pitjor de les possibilitats, que no hi havia esperances de recuperació. Després d'un breu silenci vas deixar anar una riallada. Un riure franc, obert, expansiu. Un riure llarg, d'un minut, aproximadament. Els ulls del metge transmetien el següent missatge: ¿On veus la gràcia?

Ni la Pema ni jo entenem encara gaire bé per què reies. Es veu que hi ha una antiga afirmació zen que diu: «Després d'anys de recerca al cim de la muntanya, ara finalment pots fer riallades al fons del llac». No vas riure per tal de no pensar. El teu tampoc va ser un riure histèric o nerviós. No pretenies utilitzar el so del riure com un mantra. La meva interpretació, que coincideix amb la de la Pema, és que aquell riure va ser un senyal d'alliberament: finalment la vida t'anunciava que després d'anys de recerca podies parar de buscar. A partir d'ara l'instant present no estaria tenyit de cap mena de recerca espiritual, de la necessitat d'anar més enllà, més al fons del teu dedins, i per tant viuries el present amb més intensitat que mai (sona molt fort, però en certa manera era un regal); si bé això són elucubracions meves. Després de riure, vas ajuntar les mans, vas fer una reverència al metge i vas marxar amb la Pema a planificar —mínimament— els dies següents. Vas suspendre les set o vuit hores setmanals de classes i et vas recloure —encara més— per dur a terme un seguit de meditacions específiques des de les sis del matí fins al capvespre, en harmonia amb la llum del sol. Com abans del diagnòstic, la teva actitud era de serenor. Només, doncs, vas canviar en el sentit que et vas tancar més, cosa d'allò més comprensible, si bé la Pema es va anar preocupant, ja que no treies enfora sentiments de tristesa o ràbia. Al principi no t'ho va dir, per no atabalar-te i perquè tampoc en va tenir l'oportunitat, atès que a partir de llavors les vostres trobades van esdevenir passejades silencioses. La teva amiga interpreta retrospectivament que amb aquelles passejades li vas voler fer un regal, una altra manera d'aprendre meditació. Durant més d'una hora, cada dia, practicàveu el *kinhin*, la meditació que es fa caminant: anàveu a la zona dels penya-segats i caminàveu lentament, amb les mans agafades sota l'estèrnum, l'esquena recta, la mirada abaixada, posant tota l'atenció en la respiració i enfonsant la planta dels peus en la sorra. L'objectiu era fer cada passa amb atenció plena. El primer dia li vas dir que sempre que la ment se li allunyés de la passa, encara que fos cap al paisatge que us envoltava, els penyals que es retallaven en la sedositat de l'aire, els marrons i grisos violents de les pedres, el mar que en aquella hora tenia un color d'òpal pàl·lid, com d'absenta, sempre que el cap s'allunyés de la passa havia de recordar que aquell pas era preciós i únic i mai més tornaria a existir. La teva amiga et va fer cas, va romandre gairebé sempre en silenci, i per tant es va quedar amb les ganes d'apropar-se més a tu, saber realment com estaves, en què més et podia ajudar. T'hauria fet moltes preguntes, però tenia la convicció que les evitaves, com si trobessis sobrer el fet d'enraonar. Acabàveu les passejades al cap de Barbaria, a la cova on antigament s'hi amagaven corsaris i pirates. Sèieu i compartíeu una síndria, ja no gaire fresca, i quan la Pema anava a dir alguna cosa la convidaves a comptar les llavors negres del tall, o l'animaves a fixar-se en la superfície del mar, la línia d'escuma blanca que es prolongava molts metres enllà, talment com si fos una artèria. T'agradarà saber que ella està convençuda que finalment, gràcies a aquelles passejades, ha après a meditar, o, dit d'una altra manera, a practicar l'atenció conscient. Quan renta els plats renta els plats, si pren el sol a la platja es troba a la platja i no pas en un escenari del futur o del passat: fer tornar la ment a la platja, mai més no es tornarà a repetir aquell instant. S'adona que ha viscut quaranta anys com despistada, que la manca d'atenció ha tenyit gairebé totes les seves accions. Ara, si més no, ha interioritzat la importància d'enfrontar-se a cada moment amb la sensació de novetat. Ara i aquí tot comença de nou, tal com demostra la física quàntica: els cossos moren a cada instant i es tornen a formar d'acord amb patrons d'informació i energia. Cal aturar-se a cada moment i deixar de fer per tal d'ésser. Viure no és córrer sinó ésser. De tota manera, dic jo, fent d'advocat del diable, una cosa és tenir-ho clar i l'altra posar-ho a la pràctica (ja t'he dit que jo he notat la Pema molt nerviosa). Vau interrompre les passejades el vespre en què no va poder aguantar més, es va desfogar, et va confessar el seu sentiment de culpabilitat, et va criticar i vau acabar discutint. És estrany, Umiko, que acceptessis entrar en una discussió.

Estàveu a fora al jardí, a punt d'acomiadar-vos després de la passejada, quan et va dir, incòmoda, que li sabia greu interrompre el silenci però que necessitava parlar-te. Els teus ulls la miraven fixament, aparentment disposats a escoltar-la, però les teves mans seguien obrint la porta de la tanca. Ni tan sols la vas convidar a entrar; la primera part de la conversa va transcórrer rere la tàpia coberta d'heura jaspiada, amb l'ondulació de fons dels núvols blancs i els camps llaurats. Bufava vent de llevant, i de la terra n'arribava una olor precisa de farigola. Un cop et va haver explicat amb pèls i senyals el seu sentiment de culpabilitat, es va posar a plorar: aquell sentir-se culpable pel fet d'haver-te animat a traduir el dietari, a donar-hi massa voltes. I quan et va dir, saltant d'un tema a un altre, que estava destrossada, i més en constatar que no treies les emocions enfora —«crec que ploro perquè tu no plores»—, la vas abraçar. Durant uns minuts li vas acariciar el cap, com si la malalta fos ella. Mentre li acariciaves els cabells llargs, fluvials, i els núvols s'agombolaven i es dispersaven i el llevant passava de les ratxes impetuoses a les calmes curtes —és a dir, que hi vau estar força estona—, la Pema recordava la soledat en què vivies quan vas arribar a l'illa, quan a la sortida de classe et convidava a fer un tomb, a sopar amb els alumnes, a prendre una copa als xiringuitos de la platja, i tu rebutjaves totes les invitacions al·legant excuses que ni tan sols t'esforçaves que sonessin versemblants. Des del primer moment que t'havia vist, quan havia vingut a classe atreta per l'anunci de color fúcsia que havies clavat al suro de la fleca Manolo, va tenir el convenciment que eres un exemple a seguir: tenies un bé preuat del qual ella estava mancada, a pesar que havia fet nombrosos cursos i tallers de creixement personal en retirs de cap de setmana als afores de Barcelona, sempre amb una inquietud ansiosa per assolir més benestar emocional. La teva presència, el posat, l'expressió, la teva cara, irradiaven una indiferència tranquil·la i reflexiva envers la majoria dels problemes del comú dels mortals. La Pema admirava el teu capteniment, la fortitud, la sensació que res no et podia alterar. Tot i això, la teva era una serenor malenconiosa. Al cap dels mesos, quan finalment vas acceptar fer una excursió amb ella a trenc d'alba, després del fracàs de la festa a la Carpa dels Pirates, la primera i última festa a la qual vas anar, també animada per la Pema, una nit en què et vas avorrir sobiranament malgrat que la teva amiga et va empènyer a seure al costat d'un grup de joves intel·lectuals, o precisament per això et vas avorrir, perquè no t'agrada la gent que no parla amb el *hara*, de manera que badallaves mentre alguns italians discutien sobre el bé i el mal i d'altres se t'insinuaven, i la Pema no parava d'anar i venir fent de relacions públiques, saludant a mitja clientela, i després fent-se petons a la vora del mar amb una noia que també havia estat alumna teva —al cap dels mesos, durant l'excursió a trenc d'alba, li vas confessar que estaves en ple procés de dol (el motiu, m'ha dit la Pema, és escrit al dietari). Vau xerrar a bastament. Li vas acabar donant la raó: la solució a aquell dol, o més ben dit, la llum al final del túnel, perquè no es pot parlar de solució màgica en relació amb un procés de dol, no arribaria només amb la meditació. Amb les set o vuit hores diàries de meditació, refugiant-te en el més profund de tu mateixa, sense moure ni un múscul, només tapaves els problemes psicològics. I així et va proposar de traduir el dietari. Si no l'haguessis tingut escrit, tant ella com qualsevol psicòleg t'haurien recomanat escriure'l. Els manuals deien que era una bona teràpia.

I ara, mentre li acariciaves els cabells, la teva amiga recordava aquella època i es plantejava fins a quin punt les darreres setmanes, amb el treball per curar-te per mitjà de la ment, no estaves anant també pel camí equivocat. O més ben dit, per un camí insuficient. De sobte la Pema et va preguntar:

—¿Per què no plores?

Llavors la vas convidar a entrar a casa, vau anar al teu estudi, i li vas deixar el llibre d'un conegut teu, Hiroshi Tasaka, del qual aquesta tarda n'he llegit algun fragment (no cal que et digui que he trobat molts paral·lelismes entre el seu cas i el teu). No gosaves escriure-li, perquè sabies que si ho feies et recomanaria que et tanquessis de nou al monestir zen. A Tasaka els metges li van diagnosticar un tumor incurable als vint-i-escaig anys. Li donaven dos mesos de vida. Ara té 60 anys, és president d'un banc d'idees i professor de la Universitat de Tòquio. A la foto de la solapa del llibre, que es titula, si no recordo malament, *Encuentra tu cumbre* —l'ha publicat una editorial d'autoajuda—, se'l veu un home afable, d'ulls reflexius, de cabells llargs i femenins, amb el clotet de la barbeta viril. Tasaka ve a dir que una vida llarga no necessàriament és una vida feliç, i que una vida curta pot ser més satisfactòria que no pas una vida dilatada. ¿Què hem de fer per tenir una vida satisfactòria?, es pregunta.

«Es tracta de viure la vida preparats com si la mort s'hagués d'esdevenir demà. Si vivim cada dia disposats a morir demà, cada dia serà amb tota seguretat un dia ric i satisfactori». Tasaka interpel·la el lector i li pregunta: «¿Què faries si el metge et digués que només et queda un mes de vida? Sentiries com si t'haguessin llançat a un buit negre. Però quan comencis a acceptar el teu destí, començaràs a viure d'una forma especial. ¿De quina manera? Viuràs estimant aquell dia. Com si l'agafessis entre els braços. I al final del dia pensaràs que aquesta jornada irreemplaçable se n'ha anat. ¿Quina és la diferència entre que et quedin 30 dies de vida o 30 anys? Cap. Perquè ambdós són simplement instants. 13.700 milions d'anys des del naixement de l'Univers. 4600 milions d'anys des del naixement de la Terra. Comparat amb aquest temps incommensurable, la nostra vida de 80 anys és un parpelleig. Res més que un instant. No hi ha cap diferència entre tenir per endavant 30 dies de vida o 30 anys. Ambdós períodes són un parpelleig». La Pema m'ha dit que Tasaka, quan li van diagnosticar el tumor incurable, es va recloure en un monestir zen. Durant aquell període, el seu millor amic, del qual havia estat secretament gelós quan li havien diagnosticat el tumor, perquè viuria molts més anys que ell, resulta que es va morir en un accident de trànsit. Tasaka va anar a l'enterrament, va tornar al monestir, i quan va aconseguir veure el mestre i explicar-li el diagnòstic i la seva desolació en tenir els dies comptats, aquest, amb una veu alta i aspra li va etzibar una frase que el va transformar radicalment: «Tant se val: igualment viuràs fins que et moris».

A la Pema, mentre li donaves les mateixes flors de Bach que ella m'ha ofert aquesta tarda, li vas dir que ara, més que mai, feies teus els arguments de Tasaka: amb uns moviments més lents del que és habitual vas seure a terra, vas encendre una barreta d'encens, vas apagar el llumí quan t'estava a punt de cremar els dits, observant-lo durant uns segons que a la Pema se li van fer eterns, i li vas explicar, amb un posat serè, que en el teu dia a dia no hi havia espai per a la tristesa. No pas perquè, contràriament al que semblava, després de l'estada al monestir haguessis esgotat les reserves de tristesa, ni perquè neguessis la malaltia, sinó perquè l'agraïes.

—¿Dónes les gràcies a la malaltia? —et va preguntar la teva amiga, perplexa.

Sí, donaves gràcies a la malaltia, cada dia. Practicaves una meditació en aquest sentit. No només acceptaves la malaltia i la veies com una part de tu, una part transitòria, d'altra banda, com totes, sinó que interpretaves la malaltia com una oportunitat. La malaltia, li vas dir amb soltesa, era una oportunitat per créixer, per alliberar-te d'antics esquemes físics i mentals, sanar-te com a ésser i viatjar cap a un nou equilibri, cap a l'origen de qui realment ets. La teva amiga no va entendre això del nou equilibri; en qualsevol cas, va pensar que t'havies begut l'enteniment. Tenies aquella gosadia vigorosa de les persones a les quals se'ls ha mort algú estimat i a l'enterrament somriuen, fins i tot riuen, abracen tothom, i s'alegren tant que hi hagis anat que et fa l'efecte que el seu inconscient encara no s'ha assabentat de la notícia de la mort del seu pare. La teva amiga et mirava de cua d'ull mentre t'aixecaves i anaves cap a la cuina, per tal de preparar una sopa de meló, vestida amb la samarreta blanca i els texans destenyits amb què havies anat a caminar, una roba d'una austeritat pràctica i un pèl desoladora. Un cop a la cuina vas tallar el meló, en vas ficar els trossos dins la batedora i el vas barrejar amb tres iogurts naturals. Li vas dir, rient, que al Japó, en un restaurant de luxe, una nit t'havien servir crema de meló amb una base de fons d'aquells caramels que t'espeteguen a la boca. «¿I què hi feies, tu, en un restaurant de luxe?». «El ximple. M'havia deixat entabanar per un amant amb molts diners». A fora s'havia posat a ploure a bots i barrals amb una força impel·lent. Se sentia roncar el mar, topant amb els pedruscalls del litoral. Al cap d'una estona, tornant a la malaltia, li vas dir que tot té una causa: no sabies si l'episodi del monestir t'havia fet emmalaltir, però sí que sabies que si del monestir no n'haguessis sortit feta pols no hauries fet el treball dels últims anys i ara no podries veure la malaltia com una oportunitat. Mentre et servies més crema de meló —el rec de fora no donava l'abast; hi passava una aigua tèrbola i sorollosa—, vas posar l'exemple hipotètic d'una persona que la setmana vinent s'ha de sotmetre a una operació a vida o mort: en la nostra cultura, li vas dir, «amb la connexió tan dèbil que tenim amb el moment present» és probable que aquest home es passi la setmana sense poder riure ni menjar ni dormir, constantment preocupat per una possibilitat de futur «que no deixa de ser una il·lusió de la ment», ja que, a pesar de l'expectativa de l'operació, es troba bé i pot fer vida normal. «La funció del cervell», vas dir parafrasejant Ramesh Balsekar, de qui havies traduït un llibre sobre no-dualitat, «és servir el moment present i no pas enviar les persones a una lluita acarnissada amb el fantasma d'un futur que no existeix. Quan funciona tal com cal, el cervell és la forma més elevada de saviesa instintiva. El principal obstacle és el pensament horitzontal en el temps. El cervell hauria de funcionar amb l'instint dels coloms missatgers i el de la formació del fetus al ventre de la mare, sense verbalitzar el procés». Això és tot el que li vas dir a la Pema, abans no us vau discutir. De sobte, sense venir gaire a tomb, et va qüestionar els exercicis que estaves duent a terme per tal de curar-te amb la ment. És sorprenent que acceptessis d'entrar en una discussió, però no ho és gens que fossis la primera a apagar el foc. L'endemà, quan et va passar a recollir per anar a l'hospital, a fer una nova ressonància magnètica, li vas proposar de fer un exercici zen consistent, si no ho tinc mal entès, a mirar-vos cara a cara somrient, i només trencar el somriure per parlar de la responsabilitat de cadascuna en la discussió.

—De vegades dubto que et vulguis curar —et va dir la Pema. I aquesta va ser la frase que va generar la trifulga. Ara reconeix que es va passar, que ho va dir perquè estava molt neguitosa, i perquè semblava veure't gairebé còmoda, en aquell estat. En cas contrari, no hauries rigut quan el metge va pronunciar el diagnòstic fatal. O no sentiries agraïment envers la malaltia. Segons ella t'havies instal·lat en el present amb tanta exageració que no semblava que donessis a la mort, a la possibilitat imminent de morir, la importància que es mereixia. Sí, ara, quan fa onze dies d'aquella discussió, la Pema reconeix que es va passar, però afegeix que ho tornaria a fer: si no hagués esclatat jo no hauria acabat venint a casa teva, i aquesta nit «crucial» no tindria lloc. O no tindria lloc amb tu adormida, el teu cos ara mateix en forma de Z, i jo parlant-te recolzat a la paret, amb la tassa de te a la mà, a un parell de metres teu. Sí, estic una mica lluny, però el meu cap fa d'altaveu. Se'n diu utilitzar les cavitats de ressonància del propi cos. Com que tinc un cap gros l'altaveu és potent, de manera que tu o el teu inconscient em podeu sentir bé. La Pema va continuar:

—Sembles anestesiada —et va dir, sanglotant—. Una anestèsia de debò. No pas com la que buscaves a Tòquio amb els teus amants.

La pluja havia deixat de ser seguida, hi havia ruixats intermitents, les gotellades continuaven picant els vidres. La verdor de les palmeres s'havia fet brillant, regalimant.

—Tampoc sé si t'importa gaire el que et dic —va continuar la Pema—, perquè, clar, passes olímpicament de la gent i del teu entorn. No sé si ets conscient que el teu entorn pateix, Umiko, guapa. Només et preocupa la teva dosi diària d'anestèsia en forma de meditació.

—¿De quin entorn estàs parlant? —li vas preguntar, amb el desconcert dibuixat en els teus ulls foscos, que no comprenien res.

—Et parlo de mi, et sembla poc? —et va respondre, posant-se molt vermella. Ni una sola vegada t'havies plantejat quins eren els seus sentiments davant la possibilitat de la teva mort, i això li semblava d'un gran egoisme.

—Estàs sent molt injusta —vas murmurar, atuïda, mentre la foscor s'intensificava.

Això no obstant, la Pema va continuar desfogant-se i, mentre a fora parava de ploure i la nebulositat del cel s'aprimava, et va venir a dir que feies les visualitzacions perquè tocava fer-les, per rutina: totes dues sabíeu que si el cos i la ment estan centrats les visualitzacions fan efecte al cap d'uns dies, o d'una setmana com a molt, i tu ja feia massa setmanes que practicaves visualitzacions sense obtenir-ne cap resultat.

—¿I tu com ho saps? —li vas preguntar, amb una espurna de ràbia als ulls. Com que no et va respondre, li vas dir que l'endemà sens falta aniríeu a fer una nova ressonància magnètica, a veure si hi havia resultats tangibles (estava prevista per al cap de quinze dies, just al límit de l'expectativa de vida donada pels metges); no tenies hora, però amb sort la infermera encarregada de les tomografies et faria un forat. La Pema et va interrompre:

—Que consti que em trenca el cor dir-te això, carinyo, però a la ressonància hi sortirà que el tumor continua creixent.

Segons la Pema, era qüestió de dies que es comencessin a intensificar els marejos, les neuràlgies, que hi veiessis borrós, que no et poguessis moure del futon. No afrontaves la causa de fons, et negaves a arribar fins a l'origen de la malaltia. Les dues sabíeu prou bé quin era, l'origen. D'acord, ella t'havia aconsellat malament amb relació al dietari, però almenys havia intentat anar a l'origen del teu dol i curar la ferida. «Amb molt d'èxit», li vas respondre irònicament, però no et va fer cas i va posar fi al seu flux de loquacitat malcarada dient-te que ara la ferida no només continuava oberta sinó que s'havia fet més gran, cosa lògica: el cos intentava resoldre allò que la ment havia deixat empantanegat, fent un tumor que t'alertava desesperadament que calia agafar el toro per les banyes. I va ser quan et va dir «ja és hora que agafis el toro per les banyes», que et va sortir l'orgull, o que vas fer una mala gestió de la ira —no m'estranya— i, després de recordar-li que la malalta eres tu, i que si algun periple estava ple de dolor era el teu, vas cridar:

—Fot el camp!

L'endemà, després de la pluja, els blaus i verds de l'illa s'abrillanten. El mar té la calma manyaga semblant a l'abandó de la convalescència. La Pema et passa a recollir per casa, tal com havíeu quedat, i de la discussió i la ira en queda poc rastre aparent (a banda d'un gest de retret al plec dels seus llavis, i les bosses de sota els ulls), ja que tu no emanes cap sentiment de rancúnia. Practiqueu, a proposta teva, l'exercici zen de disculpa que algun dia espero que m'ensenyis —d'entrada em sembla tan risible com aplaudir amb una sola mà— i aneu cap a l'hospital a fer la tercera i suposo que última ressonància magnètica. Després de la ressonància entro en la teva vida, o hi entro de forma contundent, fins a l'extrem que ara sóc aquí parlant-te en un exercici tocat d'insconsciència (al capdavall, una gran quantitat d'accions humanes són tocades d'inconsciència). Durant el trajecte fins a l'hospital la Pema no et diu que no ha dormit ni una hora, i que se sent fatal pel fet d'haver esclatat de còlera i, sobretot, per haver intentat condicionar el teu treball de curació. Amb tot, ara ho tornaria a fer, perquè està convençuda que amb les meditacions i visualitzacions no n'hi ha prou: «El budisme zen enterra molts problemes en lloc de resoldre'ls». Estaràs d'acord amb mi, Umiko, que aquell episodi l'ha condicionat, el teu treball. Fins aleshores ella t'havia influït en la qüestió dels fongs i les algues i els antioxidants que et prenies per suggeriment seu; després de la nova ressonància magnètica, afegeixes un nou exercici a les visualitzacions, un exercici suposadament definitiu que estic mirant de practicar tan bé com puc. Segons la Pema, et refies de la seva intuïció. Jo no voldria jutjar-la, la teva amiga, però em pregunto si els seus coneixements mèdics, o, per ser exacte, els seus coneixements en teràpies radicalment alternatives són de fiar. D'entrada m'ha fet la impressió que ha anat picant d'aquí i d'allà —una impressió que es repeteix: tu també la suscitaves—, anant de curs en curs, de teràpia en teràpia, de manual d'autoajuda en manual d'autoajuda, buscant receptes. Ara bé, els casos que t'he resumit demostren que qualsevol mètode pot ser bo per crear una remissió espontània sempre que es produeixi una dansa intangible i misteriosa entre el cos i la ment de la qual la classe mèdica no en té ni la més remota idea. Però m'estic desviant. Érem a l'hospital, a punt de fer la nova ressonància magnètica. Et vas a fer la prova amb més nervis que no pas en les dues ressonàncies anteriors. El primer dia no t'imaginaves que estiguessin a punt de diagnosticar-te un tumor al cervell, i vas venir immersa en una mena de passivitat melangiosa. El segon dia imaginaves la possibilitat d'un error en el diagnòstic i, si anaven mal dades, l'esperança de tenir recursos propis per afrontar la malaltia i el treball de curació a partir del que havies après al monestir zen. Però ara, si la ressonància demostrava que el tumor havia crescut, difícilment hi hauria res a fer, per molt que la Pema anés dient. La intensitat dels exercicis de les últimes setmanes t'havia deixat al límit de l'extenuació. No podies fer res més, t'havies enfocat en la malaltia, fins i tot l'havies agraïda; havies escampat l'agraïment a les cèl·lules, a les malaltes i a les sanes. I eres conscient que la teva amiga tenia raó en un punt: les visualitzacions triguen poc temps a fer efecte (et deixaré la carpeta amb fotocòpies amb els casos que ho corroboren). Així, doncs, te'n vas nerviosa a fer-te la ressonància. I a la vegada hi vas sense expectatives: ja fa temps que has après a no generar expectatives en cap situació, gairebé un patró mental. Trepitges amb petja ferma el linòleum dels corredors de l'hospital, però quan et fiquen dins el tub, just en el moment en què la plataforma mòbil s'atura al fons de la màquina i el soroll de ferros et comença a martellejar l'oïda, et desmuntes. S'acaba el suposat efecte anestèsic i et desmuntes dins la màquina, et poses a plorar. No és racional, no penses en la malaltia, ni tan sols en la tristesa que no has sentit fins ara, ni en la fressa de martells petits semblant a la que surt de la botiga del costat de la fleca Manolo on fan còpies de claus. De fet, durant una estona el teu pensament esdevé pràctic: et preocupa que les llàgrimes siguin abundoses i espatllin la màquina. Sí, tens aquest pensament ridícul mentre vas mirant la infermera —borrosa— a través del retrovisor. Ella es troba a l'altra banda del vidre, al costat d'uns ordinadors, no deu sospitar que estàs plorant, i va mirant els teus peus descalços que sobresurten del tub blanc per si de cas els mous en senyal d'alerta. T'adones que el pensament que s'espatlli la màquina és absurd, el deixes desfilar com un núvol, i ara et preocupa que les fotos de la ressonància surtin mogudes (la infermera t'ha dit que estiguessis molt quieta; tu t'has bellugat un moment de no-res quan has començat a vessar llàgrimes). Desenes, centenars de fotos del teu cervell fotografiat des de tots els angles, un cervell de color gris, a les imatges, amb dos glòbuls oculars blancs, com d'extraterrestre. I dins el cervell una rodona fosca, gairebé negra, de la mida d'una pruna. Avui potser ja té la mida d'un préssec. O potser ja no té forma i, com si fos una teranyina, s'ha infiltrat a tots els teixits del cervell. Especules amb el futur immediat: sortiràs de la màquina, esperaràs un parell d'hores, vindrà el metge amb el semblant pàl·lid a dir-te que la taca s'ha fet més gran —¿i si no fos així?— i llavors sí que el futur serà atroç. Intentes meditar: notes la tristesa al cos, per primer cop t'ha assaltat, li dónes la benvinguda: no l'esperaves en aquests moments clínics. Et concentres en la respiració en la mesura que el soroll de la màquina t'ho permet, relaxes l'estómac, deixes que la respiració natural recorri tot el cos, les cèl·lules inspirant i expirant, i aprofites per fer una visualització: cada respiració es desplaça per tot el cos en forma d'energia guaridora. La visualització et relaxa, les llàgrimes paren de rajar i ara t'assalten pensaments en relació amb la mort. Mai no has pogut acceptar la manera de veure la mort que adopta la majoria de gent. Una cosa tan extraordinària com l'ànima humana, com l'ànima dels teus pares, no pot desaparèixer per sempre. Els pares i els éssers estimats morts són al nostre entorn, pertot arreu, exclosos per la negació metafísica de la seva existència. Quan tu et moris, un dia o un altre, tant se val, t'agradaria que algú repartís les teves cendres als éssers estimats. Li vas dir a la Pema, aquella tarda de marihuana remota, que desitjaves ser escampada —les cendres, s'entén— pel paisatge de Formentera, però ara conclous que t'agradaria tenir moltes capsetes, com les de pastilles Juanola, per tal de repartir-les a la gent que estimes. La llàstima és que hi ha poca gent que t'estima, l'entorn al qual es refereix la Pema és limitadíssim: t'has anat tancant, no saps ben bé per què. El martelleig dels ferros es fa més dèbil, ja falta poc perquè et treguin de la màquina, la humitat de les llàgrimes s'ha evaporat. Et ve al cap un fragment de Sebald, o de Walser, no ho recordes bé, sobre la cendra, la cendra com a model d'humilitat, d'intranscendència. La cendra és la primera obsessionada amb la creença que no serveix per a res: si bufes damunt la cendra, no n'hi ha ni una mica que es negui a dispersar-se a l'instant, volant.

Quan s'acaba la ressonància, un cop al bar de l'hospital, prenent una aigua mentre feu temps per saber els resultats de l'anomenat diagnòstic per la imatge —una sort, viure en una illa petita on tothom es coneix; a la ciutat us farien tornar al cap de dos o tres dies, amb l'angoixa consegüent—, li expliques a la Pema el que has pensat dins la màquina. Li comentes que has plorat, i ella somriu, alleujada, i exclama: «Per fi!». Immensos rajos de llum entren per la finestra. El bar és ple de turistes amb picades de medusa i ferides causades per petits accidents de moto. Fa olor d'oli, de fregit, de calamars escalfats al microones. També li dius a la Pema que has tingut una bona idea per a un negoci: fabricar a la Xina capsetes barates on poder conservar un petitíssim grapat de cendres de la persona estimada. No res, capsetes per repartir als amics.

Em ve al cap en Baltasar Porcel, perquè es veu que ell s'ho va passar bé, dins el tub, fent-se la ressonància magnètica. «La gent es posa molt nerviosa; per mi va ser com anar amb avioneta. El soroll era monòton com el d'una avioneta. Gairebé m'hi adormo». L'endemà de l'operació es va despertar amb ganes de menjar marisc. El primer que va fer quan va sortir de l'hospital va ser anar amb l'escriptor Valentí Puig a menjar una mariscada. Fonts ben informades em van dir que Porcel no havia parat d'enraonar, la ment centellejant, fent plans, esbossos de properes novel·les, fins i tot una de policíaca, amb un assassinat a les Terres de l'Ebre, mentre Valentí Puig l'escoltava amb aquell seu aire indefinit d'home d'un altre temps. Quatre mesos després, tot i estar recuperat del limfoma, Porcel se sotmetia, també a l'hospital Clínic, a un autotrasplantament de cèl·lules mare, a fi d'evitar, en la mesura del possible, que el tumor se li reproduís en un altre punt del cos. Durant les tres setmanes d'ingrés hospitalari, durant les llargues hores en què havia estat aïllat en una habitació del Clínic per tal d'evitar el contacte amb microbis del seu aleshores dèbil sistema immunològic, mentre les màquines li netejaven la sang —«has rejovenit», li vaig dir després; «és clar, tinc la sang nova»—, havia rellegit Darwin i l'experiència havia estat meravellosa. Era molt gran, Darwin, i eren molt grans, els metges del Clínic. Els havia dipositat tota la confiança, els havia fet cas en tot, i no pas com d'altres pacients que en lloc de reposar continuen fent vida normal. «He superat el càncer tenint plena confiança en els metges. T'has de posar en les seves mans, i deixar-te endur», em va dir al cap de poc temps, ell menjant ostres per sopar i jo una tonyina a la planxa. Calia que jo sabés que Darwin havia estat un gran observador, un geni que no creia en cap mena de Déu i sí en una intel·ligència que s'havia anat creant a si mateixa, sense objectius previs. *L'origen de les espècies* tenia gairebé cent cinquanta anys i era un llibre modern. En un món de recursos escassos només algunes còpies sobreviuen per, a la vegada, reproduir-se: les que tenen unes variants més avantatjoses en un entorn particular. Les plantes tenen un groc més ufanós si creixen damunt els fems. En el decurs del sopar li vaig dir, conscient que una persona perd respectabilitat intel·lectual si admet fantasies d'aquesta índole, que jo, que no creia en Déu, i encara menys en un Déu que irradia càstigs i pecats, jo estava convençut que aviat els científics americans demostrarien que existeix una intel·ligència universal. Una consciència transpersonal que ens embolcalla a tots, com una placenta. S'ocupa des del moviment dels astres fins a la vibració dels àtoms. «Pertanyem a una xarxa viva més enllà del propi límit corporal i psicològic», vaig suggerir. La cara de Porcel va quedar dividida entre l'enuig i l'hostilitat. Es va empassar la copa de vi d'un sol glop, la va tornar a omplir, i em va replicar: «Canviem de tema. No puc parlar d'aquestes qüestions amb algú amb mentalitat de capellà d'Olot. Vés a llegir Darwin i deixa de perdre el temps». No recordo de què més vam parlar, ni si vam parlar de res més. Només sé que me'n vaig anar de la trobada content: el meu amic tenia la potència de sempre.

Dubto que per a en Baltasar Porcel, a diferència del que voldries que fos per tu, el càncer hagi suposat una oportunitat. Si li diguessis que el càncer és una oportunitat per créixer, per alliberar-se d'antics esquemes físics i mentals, curar-se com a ésser i viatjar cap a un nou equilibri, cap a l'origen de qui realment un és, et respondria que tot plegat és una collonada. O, com que li ho diries tu, una noia bella i desconeguda, se't quedaria mirant amb una sobrietat especulativa abans de canviar de tema i fer-te una pregunta sobre els gats japonesos. «El càncer és una putada. O el guanyes tu o et guanya ell. I jo l'he vençut», afirmava poc després de l'operació, amb el cap rapat, menjant un pastís de xocolata. Se'm feia estrany veure'l sense la perilla, ni el serrell llegendari. Jo diria, Umiko, que en lloc de viatjar cap a un nou equilibri gràcies a la malaltia, en Baltasar va viatjar cap al seu nou llibre. Dóna gràcies al càncer —és un dir— perquè li ha permès acabar l'última novel·la. Abans de la malaltia es trobava en un cul-de-sac. Ho vaig comprovar a Mallorca, on el vam anar a veure amb un amic en ple mes d'agost, a pesar que aquest amic no suporta dormir en un llit que no sigui el seu i que ni a ell ni a mi ens fan gràcia els col·lapses turístics, ni els hotels, bars i restaurants que broten pels quatre costats (Porcel sempre diu que Mallorca «ha rebentat, de tanta vomitada turística»). Un cop a Sant Telm vam dinar amb la seva mare, la qual encara vivia —«Sempre em vaig dur ideològicament malament amb la meva mare», em va dir fa poc, «i ara que és morta trobo a faltar el seu llenguatge antic, genètic»— i, després, mentre donava menjar als gats, ens va confessar que estava amoïnat perquè no avançava en la novel·la que tenia entre mans.

—Estic absolutament parat —va dir, capcot.

La novel·la tractava sobre els avatars de dos homes, sobre les forces i masses urbanes de la Barcelona actual, i denunciava, tot i que Porcel, com a bon novel·lista, no ho denunciaria explícitament, l'asèpsia política i la falsa problematització de la vida, amb la gent preocupada per debats estèrils. Durant la nit, al costat de la piscina, enmig d'una humitat ambiental calenta, li vaig preguntar:

—¿I per què no escrius una novel·la breu d'amor? A mi em faria il·lusió llegir una petita història d'amor escrita per tu. —Jo acabava de llegir *L'animal moribund*, de Philip Roth, tot follia i ultratge, i creia que estaria bé llegir alguna cosa per l'estil venint d'en Porcel, que, per cert, el prestigiós crític nord-americà Harold Bloom havia comparat amb el mateix Roth. Porcel se'm va quedar mirant, amb la inflexió creixent d'un silenci sarcàstic. En els seus llavis s'hi dibuixava un rictus d'enuig, però no va respondre res i ens va convidar a pujar al turó del costat de la finca des del qual es veia la deliciosa nit estrellada. Bufava un vent intermitent, de poc cos, que removia el fullatge dels pins, les branques dels ametllers, i una lluna creixent, d'un blau pàl·lid. Al fons s'hi albirava el mar, i en primer terme la petita vall, tancada com una ferradura. Per la cresta del tossal del davant passava, rítmicament, el raig blanc del far del cap de Llebeig, de l'illa de sa Dragonera. No gaire lluny d'allà, l'escriptor Josep Pla, molts anys abans, li havia dit que aquella vista era una meravella, un gran descobriment, i que n'escriuria unes pàgines. Porcel li va replicar: «Però si ja has escrit sobre aquest turó en dos llibres diferents». I és que Pla, del qual suposo que no has sentit parlar, Umiko, però que és un dels millors escriptors que hem tingut mai en aquest país, no tenia manies a l'hora de descriure amb mà mestra paisatges que ni tan sols havia trepitjat. S'estimava més quedarse a l'hotel, veient el mar, sempre al lluny, al costat d'una llar de foc i d'un licor, o els últims anys d'un vi barat (un litre i mig de vi al dia). Porcel l'havia conegut bé, Pla, l'havia admirat, però després del càncer, amb més sinceritat que de costum, que ja és dir, em va confessar que de vegades la seva literatura, la de Pla, era de vol gallinaci. Es referia als temes costumistes de què tractava.

Com et deia, si per alguna cosa li va servir la malaltia a Porcel va ser no només per rebre tota mena d'homenatges, cosa en la qual ell no hi va tenir res a veure —al meu país tornes de la malaltia com un heroi de guerra—, sinó per acabar la novel·la en què s'havia envescat. Els dies abans de l'operació, com que no s'hi veia bé, va dictar alguns textos a la seva filla Violant. Ella va estar encantada de la vida, segons em va dir aquella mateixa setmana, quan vam quedar per fer un cafè; veia el seu pare d'allò més animat. «¿I no et parla sobre el càncer?». «No, mai; ell continua treballant sense parar. És una màquina. Com que no pot estar davant l'ordinador, pren apunts. S'hi passa hores. També respon trucades de gent que li desitja sort, però de seguida torna a la feina». «¿I no té por, del càncer?». «No, de cap manera; se'l veu absolutament tranquil». Quan va sortir de l'hospital, li vaig fer la mateixa pregunta a ell, si havia tingut por. Se'm va quedar mirant amb l'habitual intensitat seriosa als ulls, però aquest cop em va respondre: només havia tingut por uns instants, el vespre abans de l'operació, estirat al llit de l'hospital, davant els seus fills, o no ben bé por, perquè de por tan sols n'havia sentit un capvespre remot a l'Àfrica, sol davant d'un guepard amb el qual s'havia creuat mentre feia una excursió. No hi havia ningú més en uns quants quilòmetres, el guepard se'l va mirar, ell li va tornar la mirada, i així van estar durant una estona, mirant-se cara a cara, sense que Porcel sabés si marxar corrents o abraonar-s'hi i clavar-li les dents, sí, ell al guepard, però al cap d'uns instants aquesta ferotgia es va transformar en por, els ulls de Porcel aterrits, tot ell quiet, fins que a la bèstia li va venir de gust marxar, i aquella por havia estat tan intensa que Porcel de cop i volta s'havia quedat sense vanitat, aquella vanitat que de vegades fa d'orgull i de coratge; aquest havia estat l'únic dia que havia sentit por de veritat, i jo diria que allà va néixer la relació tan estreta que Porcel té amb els felins, especialment amb els gats (un dia sortint del garatge de casa seva, a Valldoreix, n'hi vaig atropellar un, de gat, sense voler: tot jo atordit veient el gat fer bots de dolor damunt l'asfalt, com un saltimbanqui; i des de llavors Porcel té amb mi una actitud agresta). No, en Baltasar no havia sentit por la nit abans que li extirpessin el tumor, sinó tristesa. Se sentia trist davant la possibilitat de no veure més els fills, la família. Té una concepció de la família semblant a la dels Corleone: la família és de les poques coses estables que valen la pena d'un món inestable. Tornant a l'operació, tot i que la Violant temia que anés malament, i res no li feia tant de pànic com la possibilitat que el seu pare es quedés sense poder llegir ni escriure —«si no pot llegir ni escriure és home mort»—, l'operació va ser un èxit. Un cop recuperat, abans d'anar a menjar marisc, el primer que va fer va ser llegir els presocràtics i treballar de valent en la novel·la encallada. Deu hores diàries escrivint al llit de l'hospital. De vegades es despertava sol, cansat, i pensava que no veuria més la família ni els gats, però de seguida tornava a l'escriptura, amb il·lusió renovada, mentre el pacient del seu costat no parava de mirar la televisió. «No entenc com la gent pot mirar la televisió a l'hospital. Tenen càncer, potser moriran al cap d'uns dies, i es dediquen a mirar la televisió en lloc de fer alguna cosa de profit com llegir». Porcel escrivia i sentia, cada cop més, un ímpetu de vitalitat i il·lusió en les fibres corporals i cerebrals, segons va dir un any després, durant la roda de premsa com a guanyador del premi Sant Joan: «He pogut enllestir la novel·la gràcies al càncer. Estava encallat, com sap un amic que ara està assegut a l'última fila i que em va venir a veure a Mallorca quan no me'n sortia, amb la novel·la». Tots els periodistes es van girar cap a mi. Jo havia entrat sigil·lós, col·locant-me a última fila per passar desapercebut. I perquè anava a celebrar el seu èxit, no pas a treballar. Porcel va dir: «És tímid, el noi», i va prosseguir explicant el procés de gestació del llibre. Abans del càncer, la novel·la pecava de conceptual: en aquesta ciutat i país hi pesa molt la reflexió política, i això era un llast per a la narració. Però a l'hospital l'afany de viure s'havia filtrat en el llibre i l'havia fet magnífic. La primera novel·la lliure i vital que havia escrit. Quan feia una hora i escaig que enraonava, i això que els periodistes tan sols li havien fet dues preguntes, es va posar més transcendent. Es va referir al deure, fins i tot «al plaer» de la lluita davant del càncer. Sí, hi havia molta gent enfonsada pel dolor i la destrucció però també n'hi havia, com ell, que creien en el deure i el plaer de la lluita. «Si no és per la nostra vida i il·lusions, per l'amor que ens uneix els uns als altres, ¿per què hauríem de lluitar?». Moltes de les coses que des de la política i les pàtries se'ns venien com a prioritats col·lectives i personals eren tan sols demagògies, inferioritats. «Qui té la raó suprema som jo, el càncer, la novel·la. Em sembla que ja fa una hora i mitja que parlo. Suposo que he parlat massa, però tant se val. Gràcies a tots per haver vingut, i gràcies també al meu amic de l'última fila, que de cop se'ns ha fet creacionista».

[Dijous, 6] *Feia dies que volia tornar a escriure, però he estat massa centrada en la meditació. A més, han canviat les coses. Per començar, no me'n vull anar. Continuo fent les mateixes tasques que abans, encara dormo poc, les cames són camps de mines, però estic contenta. Hi va haver el dia estel·lar que em va venir a buscar Kazuo-san per dur-me davant el mestre. Va ser de cop i volta, sense avís previ. Vam sortir al jardí, jo descalça, clavant-me branques i pedres, i vam recórrer callats els escassos dos-cents metres fins a la casa del mestre. Seria el primer cop que em reuniria amb ell. Ningú no m'havia explicat el protocol. Ara, la situació em fa somriure. Tant de bo el meu somriure s'assemblés al dels monjos, un somriure d'una indiferència contemplativa i distingida. Ara el ritual per presentar-se davant el mestre ja forma part de mi, el repeteixo cada dia. Però quan Kazuo-san me'l va explicar a la porta d'entrada de la casa del mestre, en la nit gebrada, no vaig entendre res. No tenia fred, ell; sembla no distingir entre el fred i la calor, el seu cos s'autoregula. Vaig entrar: el mestre estava en una cadira, però prescindia del respatller i m'esperava assegut en la posició del doble lotus. Em vaig inclinar sense mirar-lo als ulls, fent esforços perquè no es notés que havia oblidat tot el que havia de fer. I llavors vaig moure les cames no sé com, amb brusquedat, de manera que vaig donar sense voler un cop de peu a la tetera. Resultat: el te xinès es va vessar damunt la barra d'encens. El mestre em va mirar amb posat seriós, però al cap d'un moment les faccions se li van endolcir, tot i que no va arribar a somriure. Kazuo-san va entrar alertat per l'estrèpit, i es va endur la tetera i l'encens. El mestre em va preguntar per què havia vessat el te. Era la segona vegada que escoltava la seva veu —una veu plàcida però apressant. «Ho sento, de debò. És que estic una mica nerviosa». «¿Què és el que et posa nerviosa?». I com que quan em poso nerviosa no sé massa bé què dic i començo a desvariejar, li vaig respondre que estava nerviosa perquè feia més de tres setmanes que era al monestir i no havia pogut parlar amb ell ni una sola vegada. Kazuo-san va entrar amb un coixí net, per a mi. Em vaig adonar, en seure-hi, que tenia el cul ben xop. Va dur una nova barra d'encens, d'una olor magnetitzant com no n'hi ha en cap altre racó del monestir. Kazuo-san es disposava a servir el te, però el mestre el va enviar a dormir, i va agafar la tetera i va buidar te a la tassa, i quan la tassa va estar plena va continuar servint, i va seguir i seguir. El te es vessava, mullava la catifa, el terra de fusta; es colava per les esquerdes, i va mullar de nou els coixins. «Tu ets com aquesta tassa de te», em va dir. «Estàs tan plena que no hi cap res més».*

Abans d'iniciar el camí, em va dir el mestre, havia de buidar-me, per tal que dins meu hi cabés el te que havia anat a buscar. M'havia de buidar de prejudicis i d'expectatives. «Vine demà, després de la meditació, amb tots els altres. Seràs l'última a entrar. Ara beurem el te en silenci i te n'aniràs a dormir». I va ser aleshores quan em va envair una mena d'alegria que s'ha anat repetint un dia rere l'altre, i que fa que ja no vulgui marxar. No sé si va ser una connexió amb alguna cosa més gran que jo, o amb el poder de l'univers, que dirien els manuals d'autoajuda; què sé jo. El cas és que mentre xarrupava el te amb dificultat, com si hagués oblidat l'aprenentatge bàsic de beure, empassar, de pura alegria em vaig aixecar, vaig fer una reverència mal feta, i me'n vaig anar a l'habitació sense ganes de dormir. Sí que en tenia, en canvi, de saltar i ballar. Com una adolescent.

[Divendres, 7] *De fet, rellegint les últimes ratlles, em veig com una adolescent. L'insomni, l'endemà, em va passar factura. Durant la meditació del matí encara vaig mantenir el tipus, tot i que no vaig poder meditar. No paraven d'assaltar-me records de la nit abans. Repassava cada detall, cada paraula. Sort que els budistes parlen poc i recordar les paraules del mestre era fàcil. Buidar-me de prejudicis i d'expectatives. No estava segura de tenir gaires prejudicis, però sí moltes expectatives. Expectatives sobre què em diria el mestre quan ens tornéssim a veure, sobre com seria la vida al monestir quan jo fos una més. Curiositat, també, per saber si tots els monjos sentien el que jo havia sentit bevent te amb el mestre. Ara sé que no es pot expressar amb paraules, perquè l'essència del zen no s'expressa amb paraules. Però m'atreviria a dir que va ser un instant perfecte. De fet, el zen es dedica a això, a treballar la perfecció de l'instant. Alliberar i dominar totes les energies que són dins nostre ara i aquí. Pel que fa al que em va dir el mestre, que no tingués expectatives, que l'expectativa ens allunya del camí del Buda, he après que cal substituir-la per la il·lusió. El matís és subtil, però existeix. I a part d'això, no he après res més. Sé ben poques coses, en comparació amb els monjos que m'envolten. Em sento una adolescent i en part em satisfà de sentir-m'hi, després de tant de temps de vida adotzenada.*

[Dissabte, 8] *M'agradaria escoltar música. Tant de bo pogués sentir amb l'ipod els Yoshida Brothers. Sempre he pensat que tenen molt de talent, tocant el shamisén, l'instrument de tres cordes i sense trast que es toca amb un estri de fusta. M'agrada que ho barregin amb música pop occidental. Com Murakami, tan occidentalitzat, ell. M'agrada la barreja. Com em passa amb literatura i els llibres d'autoajuda. Al capdavall, els he dit més d'una vegada als amics o amants quan es quedaven bocabadats davant la quantitat ingent de llibres que tinc al pis —alguns beneits em preguntaven: «¿I te'ls has llegit tots?»— que l'autoajuda es remunta al segle* V *abans de Crist. Els estoics i els cínics ja parlaven de com viure millor, de com estar millor al món. De vegades penso que Sèneca és un autor de manual d'autoajuda. O Confuci, o Yourcenar. L'autoajuda, més que no pas un gènere concret, són pautes per viure millor, i aquestes pautes les pots trobar en una novel·la, un poema o una pel·lícula. De vegades els llibres d'autoajuda que tradueixo —o que traduïa— es quedaven massa en l'epidermis de la vida, i aleshores havia de capbussar-me, de nou, en la literatura.*

El dia de la iniciació amb el mestre va ser el punt de partida d'un nou camí. Les hores abans de veure'l altra vegada, durant la meditació em va costar molt concentrar-me, tot i que les cames em feien menys mal que altres vegades. No parava de balancejar-me damunt el coixí, fins que el monjo que controlava la meditació em va demanar, aparentment enfadat, l'home, que parés de molestar els altres. Després de tres hores de meditació, em vaig unir a la cua amb els altres monjos, davant la casa del mestre. Vaig intentar participar d'alguna broma; per primer cop em començava a sentir integrada. Fins llavors només havia parlat amb Kazuo-san, que té un règim especial: fa les meditacions amb nosaltres, però no visita el mestre, si bé, mentre nosaltres cultivem l'hort o tenim cura del jardí, fa encàrrecs per a ell. Només de tant en tant ve a donar un cop de mà a la cuina. Els altres monjos tampoc no parlen gaire amb ell. En canvi, entre ells hi ha complicitat. De vegades es fan bromes d'adolescents: jo hi seria benvinguda. Però quan han de fer cua per veure el mestre, tots sense excepció adopten un posat greu. Esperen asseguts a terra, ben col·locats, en la posició del lotus o doble lotus, segons la capacitat de cadascú. El cas és que jo estava fent cua amb els altres monjos, sincerament, amb la postura que podia, quan se'm va apropar Kazuo-san i em va repetir el protocol. Vaig prendre'n bona nota: dues mitges reverències, una reverència sencera, el cap a terra, i de genolls. Sobretot, mai no podia estar més elevada que el mestre; era un senyal de respecte. Li vaig preguntar a Kazuo-san què creia ell que em diria el mestre aquell matí. Kazuo-san va somriure i va callar. Va arribar el meu torn, vaig entrar, em vaig fixar en primer lloc en el terra, ja net, i amb una tetera i dues tasses; però aquesta vegada el mestre no em va oferir te. La seva mirada continuava sent dolça i líquida com oli. Uns ulls amb un deix de circumspecció; intueixes que poden passar sense transició de ser desdenyosos a ser burletes. Em va dir: «Estàs començant el camí del Buda. Avui et donaré el teu primer koan». Vaig tancar els ulls, per sentir-li la veu millor. M'agrada sentir les veus sense mirada. Així, doncs, a partir de llavors hauria de centrar la meditació en el koan. Només en el moment en què el koan passés a formar part de mi, se'm reve-

laria la solució. Jo continuava amb els ulls tancats quan, de sobte, sense que jo abans percebés cap moviment, vaig notar una respiració tímida vora la meva orella i el xiuxiueig del mestre: «¿Què es veu quan els llums s'encenen?». La pell del costat esquerre de les cames i dels braços se'm va posar de gallina. Em vaig estremir. Ho penso, ho escric, i ho revisc: tota la part esquerra del cos eriçada.

[Dijous, 27] *Aquest ha estat el meu koan durant les últimes tres setmanes. «¿Què es veu quan els llums s'encenen?». No he fet res més que donar-hi voltes. Com que desxifrar el koan no és una qüestió de lògica, m'ho agafo amb paciència. Es tracta de connectar amb un punt que es troba al meu interior: una saviesa que neix del tàlem i l'hipotàlem. Els sutres, les conferències del mestre, quan hi siguin, si és que hi són, quedaran gravades, gràcies a l'inconscient, no pas a la memòria, sinó al tàlem. Allà trobaré la resposta del koan. No tinc pressa: hi ha monjos que han trigat anys a resoldre el seu primer koan, el més difícil, perquè t'obliga a connectar amb l'inconscient, al qual fins ara potser no feies cas, malgrat que governava la teva vida. En principi, l'assumpte dels koans només concerneix el mestre i el deixeble. Però com que em moria de ganes de saber si Kazuo-san havia completat el camí dels koans o, almenys, si n'havia resolt cap, ahir li ho vaig preguntar. No m'ho va poder explicar, ja que de cop i volta un dels monjos va esclatar de ràbia i em va recriminar que intentés fer dues coses alhora: menjar i parlar. «Si menges, menja. Si parles, parla. Però si menges i parles, ni menges ni parles», em va dir, ja més assossegat. Com a càstig, em va «recomanar» comptar els grans d'arròs a mesura que me'ls anava ficant a la boca. No m'ha costat gaire entendre que aquest tipus de «recomanacions» són ordres camuflades. Així que vaig passar tot l'àpat ocupada a comptar els grans d'arròs.*

El camí dels koans és molt dur. S'estableix una relació única entre mestre i deixeble. Cada matí, després de la meditació, l'estudiant es troba amb el mestre i, com si diguéssim, li ensenya com va el procés de resolució del seu koan. El mestre pot encaminar-te, dirigir-te, o simplement pot restar callat. De vegades és el mateix deixeble que es queda callat, per una qüestió d'honestedat, ja que potser no ha avançat gens des del dia anterior. Per a mi aquest és el millor moment del dia. Durant les primeres visites al mestre em sentia amb la necessitat de mostrar-me enginyosa, intel·ligent. Però sóc molt lluny de la resposta honesta. Es veu que hi ha monjos que han trobat la resposta al koan en els llocs més insospitats: al vàter, dins la vagina d'una dona. Jo tenia entès que els monjos budistes practicaven la castedat per alguna mena de decret o de llei escrita o no, per alguna ensenyança de Buda. Però resulta que no és així. De fet, hi ha monjos que van amb més d'una dona, i fins i tot amb prostitutes. També hi ha els qui han renunciat al sexe perquè el consideren un obstacle per a la vida meditativa. Jo diria que el sexe ben fet, amb la intensitat de l'amor, ha de ser un bon exercici de meditació. I de la mateixa manera que un monjo pot resoldre un koan mentre folla, a mi la solució també em pot arribar en qualsevol moment. Per això l'última setmana m'ho he agafat amb calma. M'he limitat a gaudir del fet d'estar a prop del mestre. M'agrada estar al seu costat, sense dir-nos res. De vegades, quan estic marxant, em toca el clatell. Surto de l'estança alegre, sense son, amb ganes de seguir treballant. D'això els francesos en diuen joia de viure.

[Divendres, 28] *Veig el mestre per la finestra, anant a la cuina —com si levités—, i això vol dir que és l'hora de dinar. La campana deu estar a punt de sonar. Cap dels homes que he conegut ha omplert tant el meu espai.*

No t'esperaves el resultat de l'última ressonància magnètica. Tampoc és el que la Pema suposava i, ni molt menys, el que donava per descomptat el metge, que t'ha fet esperar una bona estona per tal de comparar les imatges amb les de les dues ressonàncies anteriors, a fi d'assegurar-se que s'han seguit els protocols, o que no hi ha hagut una confusió amb cap altre pacient. Un metge relativament jove, d'uns trenta-cinc anys, l'únic neuròleg d'Eivissa. Porta una barba de quatre o cinc dies, les ungles ben retallades, i quan us veu arribar us mira amb un deix impostat de correcció i us adreça una salutació freda; encara s'agafa massa seriosament a ell mateix, pensa la teva amiga, o potser és inseguretat. Suposo, Umiko, que és el metge que, en el primer correu electrònic que em vas enviar, titllaves d'irresponsable per haver-se atrevit a posar data de caducitat a la vida d'un malalt, a la teva vida. Mentre obre el sobre i col·loca les radiografies damunt el vidre il·luminat de la paret —perquè són radiografies, oi?—, la Pema segueix rumiant i conclou que en aquest metge no hi ha una connexió profunda entre el que és i el que li agradaria ser, la seva aura és tèbia, segurament perquè no voldria estar exercint aquí després de tants anys de carrera, ocupant-se de traumatismes cranials d'accidents de moto en una illa perduda. Et mira, la teva amiga, i un cop més queda meravellada del teu capteniment: observes la situació com l'entomòleg ho fa amb l'insecte, amb una curiositat distanciada. Com si fes dies de la tercera ressonància magnètica, quan tot just fa tres hores que has sortit del tub blanc després d'haver plorat, després d'haver tingut la idea de les capsetes fabricades a la Xina amb les cendres que t'agradaria repartir als amics. Si no fos pels ulls embotornats de qui ha plorat llargament, qualsevol diria que per a tu han passat dies de la ressonància ençà; per a tu el passat sempre és remot. La teva amiga para de cavil·lar quan el metge us diu, sense saber com dir-ho, per variar, i aquest cop, a més, amb algun balbuceig:

—El diagnòstic per la imatge ens dóna notícies que no esperàvem.

La seva mirada passa per damunt de les vostres espatlles i es clava en la llunyania. A través de la finestra s'hi poden veure les figueres d'un hort proper. N'hi ha d'enormes, amb una falda extensa, i amb estaques plantades a terra per sustentar-ne les branques. El metge resta callat uns instants, pensant què us ha de dir i què no. Ho fa amb tots els pacients, tal com li van ensenyar a la facultat, en l'única assignatura que s'ocupava de la relació diguem-ne humana amb el malalt. Es tracta d'arribar fins allà on el malalt vol arribar, de no donar-li ni més ni menys informació. Però en aquest cas la pitjor informació ja va ser donada. Ara ho pot dir tot, fins i tot donarà bones notícies:

—El tumor creix més lentament del que era de suposar. De fet, corregeixo, no creix. Té exactament la mateixa mida que en l'última ressonància. No ha crescut ni un mil·límetre.

La Pema deixa anar un crit d'alegria, i, exultant, alça els braços i les mans com si acabés de protagonitzar una victòria esportiva. De cop està acalorada; es treu la jaqueta, de color groc cigró. La teva amiga és conscient que té un caràcter variable, que passa de la desolació a l'eufòria amb molta facilitat, però si en algun moment aquest canvi és justificat, és ara. Tu interromps la situació, i li preguntes al metge en veu baixa però amb claredat:

—¿Què vol dir, exactament?

—Sincerament no ho sé —et respon, amb una veu que ha agafat un matís vergonyós. Per fi enraona la persona, el jove desconcertat davant uns resultats que no constaven al temari que va estudiar durant la carrera i per a l'examen del MIR, un diagnòstic aparentment impossible, idiopàtic. Fins i tot una remissió espontània seria més fàcil d'encasellar, tot i que a la carrera no les van estudiar, les remissions: no valia la pena, els percentatges eren baixíssims.

—Així doncs —li pregunta la Pema—, una de freda i una de calenta, ¿no?

El metge no contesta; la seva cara dividida entre el dubte i la incredulitat. Al cap d'uns instants, els justos per recordar que el que compta són els resultats que té a la mà, que s'ha de cenyir al diagnòstic per la imatge, acaba dient-vos:

—El tumor hi continua sent, i és igual de maligne que el primer dia. Si ara mateix repetíssim la biòpsia, comprovaríem que és maligne. Amb matisos. No ha seguit l'evolució que ens pensàvem. No us podré dir res més, o no et podré dir res més —no sap a quina de les dues mirar— fins que no sapiguem com evoluciona les properes setmanes. Caldrà fer un seguiment —rebla amb una veu tenyida de fingida solemnitat.

—¿Més ressonàncies? —li preguntes, Umiko, somrient.

—Doncs sí —et respon amb franquesa, menys rígid, abans de tornar-te a tractar de vostè—: Però almenys això voldrà dir que vostè estarà viva per fer-les.

Sortiu de l'hospital i la Pema et proposa d'anar-ho a celebrar. Ella s'equivocava, els pitjors auguris mèdics s'equivocaven: celebrem-ho. No t'han donat les millors notícies però tampoc les pitjors: brindem. No obstant això, en la línia del que sospitava ella, la massa tumoral no s'ha desfet. Però tampoc s'imaginava de cap de les maneres que ja hauries aconseguit que el tumor no creixés ni un mil·límetre més. Durant el viatge de tornada amb el vaixell d'Eivissa a Formentera la desconcertes una mica, la teva amiga: amb la veu plàcida habitual li dius que valores aquell resultat. Com sempre, veus les coses en positiu: «Al capdavall, tindré més dies de vida, no?», La teva amiga no sap si realment te n'alegres o si te'n fots d'ella, tenint en compte que darrerament no has semblat donar gaire importància, seguint l'aprenentatge de Tasaka, al fet de viure més o menys temps. Però al cap d'una estona, quan esteu arribant a l'illa i albireu les savines i els pins enmig de l'aire daurat, potser influïda per l'entusiasme de la teva amiga —l'entusiasme tan encomanadís, segons he après darrerament, a través de les anomenades neurones mirall—, en fas broma, de tot plegat, i li dius entre rialles que tu que et pensaves que el tumor ja seria de la mida d'un préssec, i resulta que encara té la mida d'una pruna. «A mi no em fa cap nosa, aquesta pruna, si s'hi vol quedar», comentes mentre sortiu del vaixell, «ja he après a viure amb els marejos». Un cop a terra, mires la llum suau de l'illa amb aquells ulls de reconeixement en què la il·lusió de tornar a casa es barreja amb la necessitat de descans. A la nit, prenent una copa de cava, la primera vegada en cinc anys que fa que beus alcohol o, per ser exacte, després d'haver-te pres unes quantes copes de cava, acceptes dur a terme l'exercici que et proposa la Pema, no només perquè no hi tens res a perdre sinó perquè no el veus incompatible amb les visualitzacions, que mantindràs al mateix ritme. Si continues fent el mateix continuaràs obtenint els mateixos resultats que fins ara. Si els teus exercicis tan sols han frenat el creixement del tumor —i ja és molt—, cal alguna cosa més per aconseguir que la massa tumoral es desfaci. L'exercici de la Pema no ha de ser necessàriament incompatible amb els teus (al contrari, els pot reforçar). Li dius tot això a la teva amiga amb els ulls brillants de cava i ella no sap exactament si ho dius per acontentar-la, o perquè creus de debò que val la pena intentar-ho. Seguiu bevent amb les finestres obertes mentre les cortines de gasa onegen al ritme del vent, la nit rutilant, i et sents estranya perquè havies decidit no beure més alcohol el dia que havies descobert que no només t'impedia de tenir la ment clara, no només tirava per terra les meditacions dels dies anteriors, sinó que treia de dins teu un cinisme agressiu que no tenia res a veure amb l'essència de qui ets —seguiu bevent mentre la Pema t'explica que l'exercici l'ha dissenyat ella, amb molta cura, i que té com a propòsit connectar amb el teu inconscient. Fins aquí tot bé, perquè tu, com vas escriure al dietari, vas connectar-hi, amb l'inconscient, o ho vas intentar, per resoldre el koan del teu mestre de mirada dolça com l'oli. Però quan la teva amiga et confessa que s'ha inspirat en les ensenyances de Jodorowsky, fas el mateix que he fet jo: et poses les mans al cap.

La Pema ha fet bastants cursos amb Jodorowsky, retirs de cinc dies, i es veu amb cor de dissenyar un exercici a partir de les seves ensenyances. No obstant això, en sentir el nom de Jodorowsky, automàticament experimentes el mateix sentiment d'inacceptable estranyesa que jo (l'he conegut, Jodorowsky; ara t'explicaré com va anar la nostra trobada). Tot i així, t'avens a tirar-lo endavant, fas teves les idees de la Pema i l'endemà, a proposta d'ella, m'envies aquell correu electrònic demanant-me ajut. En el teu email fas referència a la vibració que vols que un servidor generi amb la veu, si bé no concretes que estaràs adormida —ni molt menys despullada—, i tampoc fas referència a la tercera i última ressonància magnètica, la del dia abans. En resum, evites esmentar l'ambigüitat actual de la teva expectativa de vida. Em dius una mentida pietosa, o no em dius tota la veritat, atès que no m'expliques que els metges et donaven dos mesos però de cop i volta, gràcies a la meditació i les visualitzacions, l'expectativa de vida s'ha allargassat fins no se sap quan. Tal vegada, dic jo des de la ignorància, si continuessis fent les mateixes meditacions i visualitzacions podries viure indefinidament amb el tumor al cervell, ja que no t'afecta les funcions bàsiques. Ja se sap que n'utilitzem una part molt reduïda, del cervell, i afortunadament «la pruna» no ha crescut al bell mig de l'òrgan. En qualsevol cas, deus estar d'acord amb mi que em vas dir una mitja veritat. Quan li ho he plantejat aquesta tarda a la Pema —«m'estranya moltíssim que la Umiko no fos sincera del tot»—, m'ha respost que havia estat idea seva, que la disculpés, que calia que jo vingués al més aviat possible a l'illa a fer l'exercici, i que la millor forma d'aconseguir-ho era revelant-me l'expectativa de vida més crua i curta que donaven les dues primeres ressonàncies. «Tampoc és que ara puguem dir que l'expectativa de vida sigui llarga», ha murmurat, amb aire de preocupació. «Senzillament, ningú no ho sap».

Quant als exercicis de Jodorowsky, deixa'm dir-te abans de res, sobre ell, el personatge, que no em cau malament del tot. En petit comitè es defineix com un pallasso místic. El conec perquè el vaig entrevistar a la ràdio. M'interessaven, com et pots imaginar, els seus silencis. En vaig tenir notícies a través d'una tercera persona, en Francesc Miralles, el qual també havia entrevistat, unes setmanes abans. En Francesc és un noi afable de la meva edat, llicenciat en filologia alemanya, que aleshores, fa uns mesos, acabava de publicar un llibre sobre el zen aplicat al món de l'empresa. Massa objectes a la taula del despatx constitueixen energia estancada. L'espai on treballes és un reflex de la teva ment. O t'ocupes de l'afer que tens entre mans, o el delegues, o el llances: no deixis temes pendents. L'editora del llibre m'havia proposat una entrevista a en Francesc Miralles, jo havia acceptat, i just quan l'havíem acabada i s'havia tancat el micròfon jo li havia confessat que m'havia agradat d'allò més un silenci puntual que havia deixat mentre rumiava no sé quin títol de la seva cantant preferida, Keren Ann. «Doncs si vols silencis, entrevista Jodorowsky. L'altre dia vaig estar a casa seva, a París, i entre frase i frase deixava uns silencis brutals». Resulta que en Miralles, a banda d'escriure assaig i thrillers, era autor d'autoajuda: ha publicat més de quaranta llibres d'autoajuda, amb diferents pseudònims. Per aquest motiu, l'Àlex Rovira, escriptor, també, amb milions d'exemplars venuts arreu del món dels seus llibres d'autoajuda —per bé que, si vols que et digui la veritat, Umiko, em comença a cansar l'etiqueta d'autoajuda i prefereixo definir Àlex Rovira com a escriptor a seques—, li va oferir una feina a en Francesc en qualitat d'assessor. Rovira havia de viatjar a París, on s'entrevistaria amb Jodorowsky per tal de preparar un llibre a quatre mans. Miralles també hi seria, i al cap d'uns dies els hauria d'assessorar sobre com dur-lo a terme (Miralles, abans d'escriptor, havia estat editor; un noi polifacètic: té un grup de música i dos gats). O sigui que se'n van a París a l'estudi de Jodorowsky, situat al districte XII, i un cop allí els obre la porta un assistent molt elegant, d'uns quaranta anys, que els fa passar a un saló en què hi ha tres gats mandrejant al sofà. Quan apareix Jodorowsky, el primer que diu, adreçant-se a l'Àlex Rovira però mirant de reüll Miralles, ho diu amb una veu insolent: «Y este tipo, ¿hasta qué hora se va a quedar acá?». Un cop a dins, segons explica en Francesc, Jodorowsky els comenta que ha desenvolupat una nova teràpia que consisteix a regalar oficis a molts dels assistents als seus tallers. Parteix de la base que molta gent té l'autoestima baixa perquè no se senten únics. Una llei del màrqueting diu que si no ets primer en el que fas, hauràs d'inventar una nova categoria on sí que ho siguis. De manera que, en un curs, Jodorowsky, a un home gris el va nomenar massatgista de gats («sens dubte el millor de París, perquè deu ser l'únic»). I a un altre home li va receptar que netegés ombres, de manera que aquest ha muntat a casa seva un estudi amb un focus que reflecteix la mala ombra del client sobre una superfície blanca, i el netejador, únic en la seva especialitat, agafa un drap i la deixa neta com una patena. En Francesc Miralles ha escrit que potser tenen raó els psicòlegs que critiquen els mètodes de Jodorowsky, «però també és sa que de tant en tant algú clavi una puntada de peu a tot el que és normal i políticament correcte. Com demostren els milions de persones —sense un ofici singular— que pateixen depressions i angoixes de tota mena, també la normalitat mata». Jodorowsky, com saps, Umiko, es defineix com a psicomag. Va començar essent dibuixant de còmics, ha dirigit pel·lícules i ha estat actor, però és conegut per les teràpies confegides a partir del que ha après dels xamans. Després de néixer i créixer entre ells, a Xile, aplica el xamanisme a la psicologia. Ho fa a través d'actes simbòlics, espectaculars, que no només queden gravats en l'inconscient, sinó que el somouen. Com saps millor que jo, Umiko, l'inconscient no respon a paraules sinó a imatges i conceptes i metàfores. Jodorowsky ho porta a l'extrem i no es talla ni un pèl a l'hora de convertir en espectacle els actes i els rituals, aplicant-hi el que va aprendre del teatre. I tant, que l'escena et queda gravada a l'inconscient. Val a dir que l'home és una mica salvatge. Fa poc, durant un curs, una dona va explicar davant tots els assistents que, per un defecte genètic, havia nascut sense vagina i no podia tenir relacions sexuals amb penetració, cosa que per a ella suposava un trauma. Per això havia anat a veure Jodorowsky, i havia fet centenars de quilòmetres de viatge. El psicomag li va dir amb posat solemne: «Eso es fácil de arreglar: búscate a alguien que te dé por detrás». Per reblar el tractament, li va recomanar un llibre molt complet sobre sexe anal.

Per tant, quan Jodorowsky va venir a l'estudi de ràdio, jo estava preparat. Com que va ser fa cosa de tres mesos, ja havia après meditació amb tu, m'anava entrenant a casa, i si bé no tenia la fal·lera d'abans pels silencis, em continuava fent gràcia estimular-los. No tenia la fallera d'abans perquè amb la meditació assolia la pau i l'equanimitat que havia descobert durant els silencis de la ràdio, si bé no sempre hi ha pau, durant la meditació. En qualsevol cas, entrevistar Jodorowsky era una forma de mirar de repetir els silencis de Malkovich i Comelade. Jo estava preparat en el sentit que les preguntes que li faria serien més aviat sobre ell i la seva filosofia de vida, i no tant sobre els seus mètodes concrets, perquè no em volia ni imaginar com reaccionaria l'audiència si Jodorowsky dissertava sobre teràpies com la del sexe anal a la dona sense vagina. També m'havia preparat, benvolguda Umiko, per meditar durant els silencis. Fer expressament allò que m'havia sortit espontàniament durant les entrevistes de Malkovich i Comelade, és a dir, no atabalar-me pels gestos del tècnic de so, pel que diran, i viure l'instant present, capbussant-m'hi. Ara no tenia por del que diria el cap de programes, ja que l'havien cessat, i el nou cap de programes estava i està encantat amb els silencis, fins a l'extrem que diu que els he de potenciar, que em donen «personalitat», i que estaria bé recuperar la secció que anava a l'encalç de silencis arreu del país. Per al que no m'havia preparat, benvolguda Umiko, era per la manera de ser de Jodorowsky. En comparació amb ell, el polit Malkovich o l'entotsolat Comelade són entrevistats d'allò més accessibles. El primer que va fer quan va entrar a l'estudi, amb aire somnolent, despentinat, amb la veu apagada i els ulls esvaïts, va ser demanar un cafè. «Aunque yo nunca tomo café. Porque si uno toma te o café hace el juego a las plantas. Hay muchas personas que van por este mundo con alma de planta de café. Y se comportan como plantas. ¿Qué quieres que te diga? Las plantas están invadiendo el planeta». Aquest fou dels pocs comentaris que va fer abans de començar l'entrevista. A desgrat que l'home es conservava d'allò més bé per tenir setanta-nou anys i per haver voltat la Seca i la Meca, se'l veia cansat o apàtic, cansat pel viatge amb avió, o apàtic pel fet d'haver-se de sotmetre a una entrevista més per tal de promocionar el seu nou taller (malgrat els fans que el consideren un guru, necessita les entrevistes si vol omplir els tallers). Li vaig suggerir de comentar-li alguns dels temes dels quals parlaríem durant la conversa radiofònica, però em va respondre que no ho volia saber, que tant era. Just abans de començar li vaig dir: «En qualsevol cas, gràcies per haver vingut, senyor Jorodowsky». Li havia canviat, sense voler —un lapsus—, la lletra *d* del seu cognom per una *r*. La seva reacció em va recordar les de Porcel. Jodorowsky es va despertar de cop i em va etzibar, amb una veu enèrgica, arrogant i desafiadora, la veu d'aquells que es volen batre en duel a vida o mort:

—Cuando alguien se equivoca con mi nombre, y dice Joro en lugar de Jodo, entonces igual el tipo tiene problemas sexuales y es el inconsciente que le está traicionando. Es Jodo, de joder. Si me llamas Joro, igual tienes algún bloqueo sexual. Con el joder. Vaya, que no jodes bien. ¿No es cierto?

Tot va canviar quan va començar l'entrevista. De sobte, l'arrogància i la mala llet van donar pas a l'amabilitat. Suposo que la transformació va ser deguda al fet que sabia que l'escoltaven milers de persones, i que, o deixava de ser brau i xulesc, o la gent no compraria entrades per al seu taller. O potser li va sortir l'actor de dins, i ara tocava interpretar el personatge de vell agradable i bonhomiós, una mica de tornada de tot. O potser m'equivoco, i en realitat Jodorowsky és un ancià entranyable, al qual el cafè fa saltar com a les cabres. Amb tot, hi ha una altra explicació plausible que m'ha anat prenent cos a la rebotiga de la ment: quan estàvem a punt de començar l'entrevista, va entrar a l'estudi la Carlota. De tant en tant venia a veure el programa, quan algun convidat li feia gràcia. Havia vist Jodorowsky en algun vídeo del Youtube, l'havia trobat «encantador», i m'havia avisat que vindria. En entrar a l'estudi em va fer un gest amb la mà, es va asseure en una cadira del racó, i quan va tornar a mirar en direcció a nosaltres, mentre jo ja parlava per antena, fent la presentació del convidat, Jodorowsky li va tornar la salutació, amb somriure inclòs. Un somriure ple d'ingenuïtat. «¿És cert que vostè, en la intimitat, es defineix com un pallasso místic?». Aquesta va ser la meva primera pregunta. Abans de la resposta va deixar un silenci d'uns vint segons durant els quals no em va mirar ni una sola vegada: els seus ulls d'un blau abstracte es van dedicar a repassar la Carlota de dalt a baix, sense tallar-se ni un pèl. Una d'aquelles mirades descarades que et comentava fa una estona. Jo vaig tenir algun pensament dedicat a la mare de Jodorowsky, però el vaig deixar passar com un núvol i em vaig concentrar en la meva respiració, l'aire entrant i sortint, amplificat pel volum dels auriculars, mentre el tècnic de so em mirava tranquil, a l'aguait, i pel finestral s'hi veia passar el tramvia que jo situava al mateix nivell que Jodorowsky, és a dir, al de fenòmens de naturalesa transitòria que creuen la nostra vida deixant alguna empremta lleu (no tan lleu, en recordo massa detalls; i a sobre ara estic fent un exercici inspirat en ell). Finalment, sense deixar d'escrutar la Carlota, la qual duia un vestit blanc que li deixava les espatlles i les cames al descobert, unes espatlles de tibantor incitant, unes cames esveltes, inacabables, sense deixar d'escrutar-la Jodorowsky va respondre: «Cierto, cierto, de alguna manera soy payaso. Ese es el tema. Ser payaso significa poder utilizar la parte cómica de la vida. Mira, Wittgenstein, el gran filósofo del siglo XX, escribió en algún lugar que el saber y la risa se confunden. Éste es un dato fundamental. No es casual que cuando los monjes zen se iluminan por dentro suelten una gran carcajada. Pero la risa búdica es diferente de la risa común en el hecho de que la gente de la calle ríe de alguna cosa, su risa es como una crítica, ¿no es cierto? Pero cuando ríes de forma búdica, no ríes de nada: ríes de felicidad, y esto sí es lo máximo». Se m'acut, Umiko, que potser la riallada que no hem sabut gaire bé com interpretar amb la Pema, la que vas deixar anar davant el doctor —mentre ell et preguntava mentalment «on veus la gràcia»—, després que t'anunciés, de forma irresponsable, segons tu, que et quedava poc temps de vida, potser era un riure búdic. Suposo que em quedaré amb les ganes de saber-ho. La següent pregunta a Jodorowsky no va ser una pregunta, sinó una afirmació per trencar el gel —per antena— i fer que els oients coneguessin més la persona. «Se'l veu bé», li vaig dir. «Té vostè gairebé vuitanta anys, i se'l veu en plena forma». Aquí no va trigar gaire a respondre. Durant els segons en què va romandre callat, a banda de continuar mirant la Carlota, que ara recordava que s'havia deixat el mòbil encès i regirava la bossa per tal d'apagar-lo, Jodorowsky es va acabar el cafè i va adoptar un posat modest, mentre jo recordava que Josep Pla deia que la modèstia és sempre falsa modèstia, però vaig deixar passar aquest record i em vaig fixar en la meva respiració, una mica més accelerada de l'habitual, perquè vulguis o no Jodorowsky imposa, i més quan t'acaba de dir que tens problemes amb el *joder* (sort que, quan m'ho havia dit, la Carlota no havia arribat; ella creia que era un home encantador, tampoc calia desmuntar-li el mite; ni desmuntar els arguments del mite). Al cap d'uns segons va respondre sense respondre: «No voy a contestar a esa pregunta». I tot seguit va callar. De nou un altre silenci. L'aire de l'estudi s'estava carregant, com si l'aparell d'aire condicionat s'hagués espatllat. «¿Per què no vol contestar?», vaig repreguntar. «Porque si te digo que me conservo en plena forma, pareceré pretencioso. Y si te digo que no, pareceré un pobre hombre. Acá me tienen, entregado en tiempo y forma... No voy a contestar a semejante pregunta». I llavors, quan li anava a fer una altra repregunta, va continuar argumentant: «Un terapeuta no habla nunca en nombre de sí mismo. Ni cura en su nombre. La diferencia entre un verdadero terapeuta y los muchos brujitos que se dedican a eso que ahora llaman terapias alternativas es que ellos curan en nombre de sí mismos, y por ello se sienten genios. Pero un terapeuta verdadero siempre cura en nombre de otro. Canaliza la energía del universo como un don que llueve del cielo. Hasta el mismo Jesucristo decía que curaba en nombre de su padre». Aquesta resposta no va ser tan seguida com te l'he dita, Umiko: entre frase i frase deixava silencis però no es gratava el cap ni les patilles ni em mirava els ulls, sinó que tenia els ulls clavats en la Carlota, la qual assentia, molt interessada en el discurs del psicomag. Vam continuar l'entrevista, li vaig fer més preguntes, ell va contestar esmolant l'enginy, i alhora abaixant el volum, conscient que la sensació d'intimitat es crea amb la veu. A diferència dels de Malkovich o Comelade, els seus silencis eren pauses dramàtiques, a fi d'accentuar el que diria després, o perquè l'escoltessin amb més atenció. No semblava pensar, durant els blancs, sinó gaudir del paisatge. Jo sí que podia rumiar; no ho havia fet mentre ell enraonava, tot jo enfocat en les seves paraules. Cap al final de l'entrevista, li vaig preguntar: «He llegit en un llibre seu que, segons vostè, senyor Jorodowsky, perdó, senyor Jodorowsky, una parella que fa l'amor no pot ser casada per un capellà que es masturba. ¿Ens pot explicar per què?».

Aquí l'home volia deixar anar un estirabot, però es va contenir i va adoptar un posat neutre, com si li hagués fet una pregunta sobre el temps. Com que ja se sabia la resposta de memòria, perquè suposo que li devien haver fet aquella pregunta mil vegades, cosa que diu poc a favor de l'entrevistador, és a dir de mi, va restar en silenci i es va dedicar a somriure a la Carlota. I la meva dona li va tornar el somriure amb una riallada. Vaig fer el gest de posar-me el dit als llavis, dient-li sense dir-li que callés. «Carlota, se't sentirà riure per antena», vaig pensar, «els micròfons són potents». Reia, és clar, perquè és una d'aquelles dones que constantment està esperant l'excusa per riure; tenen el mecanisme a punt, i només cal una espurna d'humor perquè se'ls activi i esclatin en riallades, ensenyant les dents blanques i ordenades, i fent-te creure que ets un sol, perquè has generat en elles l'energia més poderosa després de l'amor (no cal descartar que el riure sigui una forma d'amor). No sé si estàs d'acord amb mi, Umiko, que a les dones se us sedueix o bé per l'orella o fent-vos riure. El cas és que la Carlota no parava de riure, un riure que no tenia res de búdic. Ben mirat, li havia agafat un atac de riure. Suposo que li havia fet gràcia la referència als capellans que es masturben. Suposo que també li feien gràcia les cares de Jodorowsky. Sí, no parava de fer cares, i ara fins i tot li picava l'ullet (però aquest extrem no el podria assegurar davant un jurat). Per antena, el silenci prosseguia: el cap de programes devia estar content, aquell silenci, teòricament, em donava personalitat. M'era impossible sentir cap mena de pau. No podia tornar a repetir l'experiència de Malkovich i Comelade. La Carlota i Jodorowsky havien establert un diàleg no verbal entre ells, aparentment es queien la mar de bé, i jo anava generant pensaments d'enuig. No podia, Umiko, deixar-los desfilar com núvols; s'anaven encadenant, m'estaven emboirant l'enteniment. A més, em sentia culpable pel fet de sentir enuig, i més quan la Carlota s'hi divertia, amb la situació. Vaig decidir interrompre el silenci i vaig dir per antena, adreçant-me al convidat: «¿Seria tan amable de respondre?». «Con mucho gusto. Faltaría más. Una pareja que hace el amor no puede ser casada por un sacerdote porque eso sería una incongruencia. No me sirve. ¿Quién casa a una pareja, en realidad? Se casan ellos mismos, ¡por favor! El otro es símbolo, nada más. Igual los podría casar un perro. Yo casé a Marilyn Mason. Imagínate. ¿Qué pasó? Nada. Se divorció al cabo de un mes. Hay que ser negado para no entender que a una pareja sólo la puede casar el amor, un verdadero y profundo amor. Éste es el sacerdote. Un amor como el que tú sientes por tu mujer, si debo juzgar por la incomodidad que ahora mismo experimentas al ver la complicidad que tengo con ella, ¿no es cierto?». Em vaig enrojolar, i vaig pensar: sort que per la ràdio no es veu quan et tornes vermell. Jodorowsky va prosseguir: «No, no te preocupes, veo que te has sonrojado, ya cambio de tema. Mira: ¿Sabes cómo sería bonito que un sacerdote casara a una pareja? Masturbándose delante de los dos. Y salpicando la cara de los novios con su semen. Eso sí que sería bonito. Porque el esperma es sagrado». Ara la Carlota reia tant que va haver de sortir fora de l'estudi. Davant meu, a la peixera, al costat del tècnic de so, el cap de programes em feia gestos: havia baixat expressament per dir-me —amb histèria a la cara— que tallés l'entrevista (em feia el gest de les tisores amb la mà). Devia tenir por que l'audiència s'escandalitzés, tenint en compte que la transmissió en directe de la missa de Montserrat era un dels espais més seguits. No vaig tallar el discurs; Jodorowsky tenia llibertat per dir el que volgués dir, i si algú se sentia ofès, podia anar al jutjat. Com que se'ns acabava el temps, vaig donar pas a una oient que havia trucat feia estona: «Miri, senyor Jododowsky, des de fa temps, anys, diria, sento una tristesa irracional, sense res que ho justifiqui. De cop i volta, estic trista sense motiu. ¿Em pot receptar un acte que sigui terapèutic?», li va preguntar l'oient a l'altra banda del telèfon. Jodorowsky es va treure els auriculars, es va arremangar les mànigues de la camisa, i li va respondre: «Cierto, cierto, no tengo ninguna duda de que todo es culpa de tu padre, de cómo te trató y te lastimó durante tu infancia. Busca un jardín, excavas un hoyo, bebes dos litros de leche y vomitas dentro del hoyo. Y para terminar, plantas un árbol». Representa que d'aquesta manera simbòlica, faria les paus amb el seu pare, i la tristesa s'esvairia. L'oient va deixar un silenci llarguíssim i eloqüent.

Per això, Umiko, quan la Pema m'ha dit que s'havia inspirat en Jodorowsky per dissenyar l'exercici d'aquesta nit, m'he posat les mans al cap. Ella el veu no sé si com un guru, però sí com un «excel·lent professional» que ràpidament arriba allà on els psicòlegs arriben al cap d'anys, a base de gratar. Un terapeuta creatiu, molt culte, un savi, un xaman modern, un geni: així l'ha definit la Pema. En cap altre moment ha estat tan hiperbòlica. No valia la pena dur-li la contrària. Mentre exhibia obertament el seu entusiasme cap a Jodorowsky, he pensat que aquest deu ser el secret dels anomenats actes simbòlics: aquell qui el protagonitza hi creu tant, en l'acte i en el terapeuta o xaman, que acaba provocant una mena d'efecte placebo. Com passa amb els medicaments, si tu creus que aquell ritual et curarà, hi ha moltes possibilitats que et curis: la meva vida és a les teves mans, i confio plenament en tu (talment com Baltasar Porcel amb els seus metges). Es veu, Umiko, que d'entrada, igual que jo, el veies amb desconfiança, tant el personatge com el ritual; però al final, sempre segons la versió de la Pema, t'has convençut de la bondat eficaç d'aquest acte per provocar canvis en el teu inconscient. El fet que jo fos qui et parlés, una veu que t'agrada, ha estat decisiu. Al principi no ho vas acabar d'acceptar, la nostra amistat no era tan sòlida, però a mesura que han anat passant els dies has vist clar que potser, tal com afirma la Pema, són massa anys de soledat i al teu inconscient li cal sentir-se acompanyat, apreciat, agombolat. Teòricament això és el que la meva veu fa possible ara mateix. I, de retruc, harmonitza l'energia del teu cos, els xakres, els canals subtils. M'ho ha explicat la teva amiga, i també, mentre em donava instruccions, ha afegit que t'hauria d'enraonar amb una veu suau però clara, «com el so de l'aigua quan cau sobre el vidre». No hi havia cap mena de perill que et despertessis perquè estaries adormida sota els efectes d'un potent somnífer, el més potent del mercat, i tu no hi estaves avesada, als somnífers, de manera que dormiries com un tronc (però això ja t'ho he dit i a més ho estàs experimentant). Et podria enraonar assegut a la cadira, dret, passejant per l'habitació, com volgués. Hi hauria també un moment, m'ha dit la teva amiga, adreçant-me una mirada amistosa i de dèbil disculpa, conscient que allò que estava a punt de dir-me era afegir més llenya al foc, i, efectivament, sí que ho era, fins a l'extrem que després li he respost que potser s'havia passat una mica, en el disseny de l'exercici, hi hauria un moment, en la recta final de la nit, quan jo hagués aconseguit un estat elevat de consciència, cosa que, si no m'erro, estic a punt de fer, hi hauria un moment en què m'hauria de treure els texans, més que res perquè són incòmodes, estirar-me al futon, i parlar-te a cau d'orella.

O sigui, que durant la tarda he anat de sobresalt en sobresalt, mentre la Pema anava de porro en porro —els ulls cada cop més dilatats. El seu menjador era d'allò més agradable, amb una llum filtrada per les cortines *shôji* que accentuava la matisació dels objectes, especialment la catifa tibetana, amb dibuixos d'un elefant que a mesura que puja una muntanya, en assolir el cim i la il·luminació, es va tornant de color blanc. Quan la Pema m'ha informat que t'hauria de parlar a cau d'orella, jo feia uns minuts que m'havia aixecat del sofà per tal d'estirar les cames, i estava recolzat a l'ampit de la finestra. El mar en calma del port semblava reposar en una mandra voluptuosa, i les aigües eren d'un color verd moradenc que es reflectia de l'àrid roquisser que volta la Savina. Just quan el motor d'una llanxa s'ha posat en marxa, tot desprenent una olor acre de gasolina cremada, la teva amiga m'ha dit que en un punt de la nit m'hauria d'apropar a tu i enraonar-te a cau d'orella. Segons la Pema es tracta d'apropar-me —metafòricament, és clar— a la teva consciència. No en tenim ni idea, d'on rau la consciència. Els neuròlegs afirmen que és el resultat de la suma de molts punts del cervell interconnectats, i es queden tan amples. La majoria de gent, però, s'imagina que la consciència es troba en un punt intermedi del cap, entre les orelles i darrere el front, per on transcorre la xerrameca incessant del cervell amb la qual ens identifiquem, ignorant que hi ha una dimensió més profunda. Se m'acut que si Jodorowsky, a la ràdio, m'hagués atacat aquesta dimensió més profunda —que d'altra banda no és meva ni de ningú—, sí que m'hauria sentit ferit. Però segons tinc entès, aquesta dimensió està a recer dels atacs mundans. És una llàstima que ni jo mateix la conegui, la dimensió profunda. Sí, de tant en tant, durant la meditació, o en l'espai entre pensaments, tinc la sensació d'entrar-hi, però no hi he estat prou temps per conèixer-la a fons. Tampoc m'he pres píndoles ni bolets al·lucinògens. M'estic desviant. En la recta final de la nit t'hauria de parlar a prop de l'orella, m'ha dit la teva amiga. Ha afegit que tu n'estaves informada, i que ho desitjaves, cosa que donava força a l'exercici.

—És important que fem les coses ben fetes —ha sentenciat.

—Suposo que ja no ve d'aquí —li he respost, amb un somriure resignat.

Ara, Umiko, tens una orella al descobert, una orella petita i densa: continues dormint en forma de Z, tota tu arronsada (potser tens fred, tancaré la finestra). Abans devies tenir un malson, perquè respiraves de forma entretallada, però ara segueixes respirant com a l'inici de la nit, fent l'exhalació més llarga que la inhalació, amb la boca entreoberta, com si amb el nas no fos suficient per agafar aire. Tal vegada tens un lleuger desviament al septe nasal, tota la nit has estat agafant una mica d'aire per la boca (però si el tens, no ho sembla). Un nas ben proporcionat, que curiosament és una mica hel·lènic; el nas com a centre òptic i tranquil·litzador de la teva cara, si bé la resta de faccions blanques, regulars, no es pot dir que siguin bellugadisses. Només els ulls, amb aquella cosa mig de sorpresa, mig d'espera confiada, acostumen a dur la contrària a la immobilitat del teu cos. Em pregunto com deu ser vista de tan a prop, la teva cara. D'aquí a un moment m'aproparé a tu a enraonar-te a cau d'orella i la veuré des de molt a prop. És una mica apegalosa, l'expressió *a cau d'orella*. Però suposo que els oients com tu, que aneu a dormir escoltant l'emissora de ràdio, teniu la sensació que el locutor us parla a cau d'orella. I que allò que diu ho diu només per tu. Em pregunto si deus tenir l'alè ple: com que les teves dents semblen estar bé de salut, molt bé, l'alè dependrà de si has sopat, de com has fet la digestió. Però no et preocupis, no em dedicaré al teu alè. D'aquí a poc em trauré els texans —per comoditat, com t'he dit—, m'estiraré damunt el llarg coixí blanc, perpendicular al teu cos, recolzaré el cap en les mans i els braços, i et continuaré enraonant, però ara abaixant el volum de la veu. A diferència del volum alt d'ara, serà un volum adient a la situació d'intimitat que compartirem. Ara no em sembla tan extraordinari el fet d'apropar-me a tu i parlar-te a prop de l'orella —ho faré d'aquí a un no res—, però aquesta tarda li he dit a la Pema, amb una veu que he intentat que fos delicada però ferma:

—Espero que les sorpreses s'acabin aquí.

—¿Què vols dir?

—Vull dir que des que he arribat no he parat d'anar de sorpresa en sorpresa, i que m'agradaria centrar-me en l'exercici d'aquesta nit una vegada per totes, sense haver de patir per si hi ha alguna cosa que encara no sé.

—Però suposo que no ho veus malament, això d'apropar-te a l'orella. Té molt de sentit, sobretot a la recta final de la nit.

—No sé si té sentit o no; ho faré i punt —he abaixat el volum, el qual tendia a pujar sense voler. Em volia expressar amb assertivitat, essent d'allò més comprensiu amb la teva amiga i alhora defensant els meus interessos, sense deixar-me trepitjar. Però no he pogut evitar que la veu sonés contundent. He continuat:— Pema, he vingut a l'illa per una bona causa, la millor de totes, intentar ajudar una persona greument malalta. Però em sento una mica utilitzat. Sí, no facis aquesta cara, em sento utilitzat: m'heu fet venir enganyat, o mig enganyat, sense disposar de tota la informació. He vingut a l'illa pensant-me que la curació per la ment de la nostra amiga es basava en la meditació i les visualitzacions, en el raig verd de l'anomenada tara verda. Sí, ja sé que és així; però segur que estàs d'acord amb mi que les visualitzacions no ho són tot, i que no m'ho heu dit. He investigat per tal de tenir tanta informació com fos possible, i resulta que arribo aquí i la meva informació és escassíssima perquè m'heu amagat detalls importants de la nit. He vingut a l'illa imaginant que parlaria a una persona com es parla a les persones normals i corrents, és a dir, despertes, i resulta que m'esperava una oient adormida. No hi tinc res en contra, només faltaria, però m'hauria agradat saber-ho abans. Si més no, per comentar-ho a la meva dona. A més a més, he vingut a l'illa amb ganes de fer les coses amb rigor, seriosament, i ara resulta que venia a fer un exercici basat en les ensenyances de Jodorowsky.

—Però Jodorowsky és un geni! —ha exclamat, amb efusivitat, com oblidant a l'instant tot el que jo li acabava de dir. Els narius se li han dilatat gairebé tant com els ulls. Estava asseguda damunt la catifa, les cames encreuades, els peus descalços (la pell de la planta dels peus d'un to negrós).

—No discutirem pas. El que vull dir és que tot això m'ho podíeu haver dit des del primer dia. Però ara tant se val; no val la pena que hi perdem el temps. Faré el que s'hagi de fer, però fins aquí. No transigiré en res més.

Durant els següents minuts m'ha demanat disculpes per segon o tercer cop, ha reiterat que si m'ho haguéssiu dit tot des del primer moment difícilment jo hauria vingut, i que la seva amiga estava prou greu com per «haver tirat pel dret». Una claror pàl·lida s'ha anat estenent sobre la catifa, sobre el sofà groc. La resta del menjador era tot fosquedat i ombres. Recordo perfectament el moment en què, just quan el motor de la nevera ha deixat anar una mena de gemec, la teva amiga ha reblat, amb cara de circumstàncies, abaixant la mirada:

—Doncs has de saber que l'exercici no s'acaba aquí.

—¿Com?

—Que encara hauràs de fer un últim pas. El més important. L'acte simbòlic de clausura de la nit.

—Pema, ho sento —he dit visiblement contrariat—. Escoltaré el que m'hagis de dir, però no penso anar més enllà.

—Porfa, una cosa més i prou.

—No, Pema, crec que ja és suficient —he intentat dir

en un to conciliador. He pensat que la majoria de les vegades és totalment inútil mirar de convèncer l'interlocutor. Almenys durant l'estona de la conversa, no pots convèncer l'altre. Potser acaba cedint, però no perquè canviï de parer. Durant la conversa, com a molt, pots sembrar una llavor que més endavant propiciï el canvi; això és el que pretén fer la Pema amb mi, he pensat després. Però no, ella no és maquiavèl·lica; ella et vol convèncer ara mateix, i des del seu punt de vista, el d'amiga íntima d'una noia greument malalta, no pot entendre com és que no pots fer el que calgui, sense posar-hi traves, a fi d'intentar curar-la, i més quan saps que la curació pot estar en bona mesura a les teves mans. I tot i que penso, Umiko, que sobrevalorem la raó, com si fóssim la nostra mateixa raó, i que sembla que si ataques la meva postura o les meves idees, que en el fons mai no són meves, m'estàs atacant a mi, tal com comprovo a l'emissora, on els polítics solen discutir quan fem un debat, fins i tot es barallen, i mai ni un sol polític ha donat la raó a un altre, a pesar que quan el micròfon es tanca poden reconèixer, com va fer la diputada aquella, que pensen el contrari del que han dit per antena, tot i que penso, doncs, que tenim la raó sobrevalorada no podia donar la raó a la Pema. De vegades, amb la Carlota, quan el tema no és important, prefereixo donar-li la raó i tenir una vetllada tranquil·la. ¿Vols tenir raó? Cap problema, ja en tens. Segurament la que avui jo crec que és la meva raó demà serà la teva, estem parlant de conceptes, d'abstraccions; és més important una vetllada feliç. Malgrat això, no podia donar la raó a la Pema. He continuat defensant fins al final el que jo considero que és la meva part de raó: segons quines coses no es poden demanar. Ni tan sols amb el pretext d'una malaltia. Però m'estic avançant.

—No, mira, jo t'ho explico —ha prosseguit la Pema, entusiasmada de nou, com si estigués a punt de revelarme el secret d'un invent destinat a triomfar—. Potser diràs que m'he tornat boja, que estic delirant. Però jo posaria la mà al foc que si tanques la nit de la manera que he planificat, amb l'acte de clausura, l'inconscient de la Umiko es curarà. I ràpidament ho transmetrà al cos.

—Pema, si us plau, no siguis ingènua. ¿Com ho saps, que es curarà? No en sabem gairebé res de l'inconscient, precisament perquè és inconscient. A més, sempre hi quedaran ferides, i sort en tenim, perquè gràcies a elles canviem patrons de conducta. Moltes són ferides lògiques. Cada procés de dol és una ferida inevitable. Jo no vull ni puc tancar les ferides dels processos de dol que he viscut, perquè són els dels meus morts, i penso com la Umiko que d'alguna manera continuen en mi. ¿I la mort dels pares de la Umiko? ¿No és una ferida? ¿No l'hem de curar també? ¿I la seva soledat? ¿No és una ferida?

—Clar que ho és, guapo, una ferida, la soledat, i de retruc, amb l'exercici d'aquesta nit, també la curarem.

—Pema, perdona que t'ho digui, però ets una mica ingènua.

—Ja m'ho has dit abans. I estic encantada de ser-ho.

—...

—Jo potser sóc ingènua, però tu encara t'has de deslliurar de molts prejudicis, guapo. Ara coneixes les visualitzacions que ha fet la Umiko, i, tot i que no han estat suficients, creus que la poden curar. Doncs bé: fa una setmana pensaves el contrari. Si coneguessis bé el treball de Jodorowsky, canviaries d'opinió. Perquè clar, ets, perdona'm que t'ho digui, ets com tota la gent que critica el món de l'autoajuda a partir dels estereotips que circulen per aquests mons de Déu. Jo els dic: fiqueu-vos-hi, aneu a tallers, investigueu, i després critiqueu. Us adonareu que cal destriar el gra de la palla. Que hi ha farsants, però també bons professionals. Perquè a veure, fa uns anys, quan anava a Barcelona a fer cursos de programació neurolingüística, aquí a l'illa em miraven com si fos una extraterrestre. Jo regalava sessions de PNL a les meves clientes, i les rebutjaven; no es refiaven de la programació neurolingüística (entenc que el nom és ben rar). Curiosament, es refiaven més de la teràpia de l'aura, de l'harmonització energètica, perquè l'associaven amb el reiki, força més popular. Amb la programació neurolingüística pots perdre la por de volar en un quart d'hora, d'acord? I jo he vist, als cursos del meu mestre Oriol Pujol Borotau, als quals costa de trobar plaça perquè ell tan sols es desplaça uns mesos a Barcelona, vivint com viu a l'Índia, on es guanya la vida molt bé, per cert, fent cursos de PNL, i de com connectar amb l'inconscient, jo he vist un alumne amb tírria al peix, amb ganes de vomitar tan bon punt l'olorava, sotmetre's a un exercici de deu minuts de PNL, que en el fons és una senzilla visualització, i després anar amb tota la classe a dinar a base de peix: t'ho juro, jo hi era, i vaig dinar al seu costat. Amb el PNL et pots aprimar deu quilos en un mes avorrint el tipus de menjar que saps que t'engreixa: l'exercici com a molt dura un quart d'hora: jo ho he fet. Sí, no arrufis el nas, jo estava més pleneta, abans. I encara ho estic, però és el cos que m'ha tocat en aquesta reencarnació i l'accepto. Perquè sí, perquè tan sols és un vehicle. Doncs el que et deia: quan vaig tornar de fer els cursos de PNL i en vaig parlar a la revista local de Formentera em van dir de tot, com sempre. I això que aquí hi ha gent de la meva edat que teòricament és progre, d'acord? I ara resulta que la programació neurolingüística s'ensenya a totes les facultats de psicologia —la Pema ha aturat el doll d'efusivitat per mirar la llum de la finestra i comprovar l'hora (ni ella ni jo dúiem rellotge). Ha girat el cap amb un gest ràpid; els efectes de la marihuana només es deixaven entreveure en els seus ulls. La llum, en iniciar-se la declinació del dia, era d'un gris pàl·lid. No passava ni un alè de vent. Les barques tornaven a port amb motors que feien un soroll escandalós. Teníem les hores comptades abans jo no hagués de venir a casa teva, i volia tenir una estona per preparar-me tot el que t'havia de dir. Mentre cargolava un altre porro, ha prosseguit:— Perquè clar, amb els mètodes de Jodorowsky aviat passarà el mateix que amb la PNL. El psicoxamanisme, ja t'ho dic jo, és revolucionari. I ho és, en part, perquè no revoluciona res. Perquè beu de cultures mil·lenàries que sempre han funcionat. De cultures que han cregut que la malaltia es podia curar confiant en un poder superior: no sentint-te'n plenament responsable, allunyant-la de tu, a diferència del que fan les proves mèdiques d'avui dia, que la converteixen en centre d'atenció; l'amplifiquen tant que acabes sent la teva malaltia. Com ho sents. Antigament, en canvi, les malalties es curaven a través de rituals. Des de l'inici de la humanitat n'hi ha hagut. Amb aquests rituals es connecta amb el més antic dels nostres cervells, el reptilià. Perquè a veure, el cervell reptilià s'encarrega de la nostra supervivència en l'àmbit físic, i busca la seguretat fent el que calgui. Té tanta resistència als canvis, que de vegades fins i tot rebutja la curació d'una malaltia. És el que li està passant a la pobra Umiko, m'entens? Per això estic convençuda que hem d'arribar al seu cervell reptilià, a través del ritual. Com diu Cristóbal Jodorowsky (el fill de l'Alejandro, qui ha vist remissions espontànies de càncers després dels seus rituals, encara que a ell no li agrada escampar-ho als quatre vents, perquè no és metge), el cervell reptilià és un vell dinosaure dins de nosaltres: enquista les situacions, no suporta els canvis, ni tan sols els canvis de domicili. Imagina't el que està fent amb el cervell de la nostra amiga; pobreta. La Umiko necessita un ritual urgent que li inoculi una nova informació a través del cervell reptilià, d'acord? Una informació que tingui molt a veure amb l'amor. Amb el ritual que he dissenyat, desfarem el nus que impedeix fluir la Umiko, sí?

—No el conec, el Jodorowsky júnior —he dit, llançant pilotes fora—. ¿És malcarat com el seu pare?

—El pare no és malcarat, però el fill és dolç, una bellíssima persona. Ha rescatat tècniques xamàniques de tot el món, carinyo, les ha depurat del folklore i la superstició, i les aplica en el vessant terapèutic. La seva imaginació és energia en acció. Per dir-ho d'alguna manera, treballa perquè l'univers s'expressi a través d'ell. Paradoxalment, ha tingut greus problemes amb el seu pare, ¿saps?

—No m'estranya gens.

—En Cristóbal va néixer la mateixa data del mateix any en què va néixer el seu avi patern, el pare de l'Alejandro. I el que passa és que clar, sempre va tenir la sensació de no ser ell mateix, de carregar els llaços afectius que el seu pare no havia tingut durant la infància. Això creava un conflicte des del punt de vista kàrmic. Per resoldre'l, va fer un ritual: va anar a casa del seu pare, a París, i li va dir, disfressat del seu avi: «Soy tu padre». També li va dir: «Hiciste nacer a tu hijo el mismo día que yo para que él llenara tus propias carencias». Llavors es van abraçar, i van plorar molt. I encara disfressat d'avi, li va donar la següent ordre: «Ya puedes liberar a tu hijo, Cristóbal, que se ha manifestado bajo ese disfraz». I a poc a poc es va anar traient el vestit, i la màscara, fins que va quedar despullat. Després va demanar al seu pare Alejandro que el pintés, amb pintura, i que mentre ho fes el reconegués com un ésser únic. El seu pare es va plegar a totes les exigències del fill, i aquella mateixa nit se'n van anar a un restaurant a celebrar-ho. Aquesta és la petita història de la seva reconciliació, gràcies a un ritual. T'ho dic molt sincerament, si vols connectar amb l'inconscient calen els rituals. És important que no sigui un ritual d'estar per casa, no t'ha de ser indiferent. Com més trencador i salvatge sigui el ritual, més connectes amb l'inconscient.

A mesura que es feia fosc, la Pema m'ha anat explicant, amb tota mena de detalls i referències cultes al xamanisme, l'acte simbòlic que hauria de cloure la nit. Abans de continuar, benvolguda Umiko, i, ara sí, apropant-me a tu a fi d'enraonar-te a cau d'orella, mentre miro de no ensopegar amb el futon, et voldria deixar clar

—un moment; vull trepitjar el futon amb cura, és una mica relliscós anant com vaig amb els peus descalços—, et vull deixar clar, per molt greu que em sàpiga dir-t'ho, que no faré l'acte simbòlic final. No, no el faré. Segons la teva amiga seria l'acte amb més poder curatiu de la nit —també diu que és simbòlic i de simbòlic no en té res—, però quan els propers minuts t'expliqui com m'he sentit mentre la Pema me'n donava els detalls, segurament m'entendràs. Saps que intento ser obert de mires, però hi ha coses que ni en nom de la salut es poden demanar. I avui m'heu demanat un impossible. Abans parlàvem, o parlava jo, del que queda justificat i no en nom de la malaltia. Doncs bé, el que m'heu demanat per cloure la nit no està justificat de cap de les maneres. No m'agrada parlar així, tan sec, però crec que val la pena que t'ho deixi molt clar. El que m'heu demanat no s'aguanta per enlloc. Tret que fóssim amants. I encara.

No, no ho faré i marxaré, doncs, d'aquí un parell d'hores, o una hora i escaig, amb la llum neta i clarejant, sentint l'espetec de les primeres motos turístiques en direcció al cap de Barbaria, a veure la sortida del sol —marxaré després d'haver llegit parts soltes del dietari, i sobretot, després d'haver-te enraonat les hores que vam pactar. Marxaré amb la convicció que he defensat la meva part de raó, o els meus interessos, o la meva dignitat, cosa que hauríem de fer sempre si volem tenir una mínima autoestima: segur que estàs d'acord amb mi que mai no ens hauríem de deixar trepitjar només per acontentar els altres. Jo vull continuar tenint pau d'esperit. No vull penedir-me d'aquesta nit. No obstant això, me n'aniré de casa teva amb un lleu sentiment de culpabilitat per no haver dut a terme l'acte final. M'apropo a tu, més encara: miro de col·locar-me bé, d'estirar-me damunt el llarg coixí de seda crua on hi tens el cap —estirat com en una taula de surf, amb els peus sobresortint-ne—, col·loco els braços i les mans com pilars on recolzar el cap, una postura, de moment, incòmoda, i vaig parlant, com puc, abaixant el volum de la veu, i, ara sí, a prop de la teva orella. Marxaré amb un lleu sentiment de culpabilitat que pot anar a més la setmana vinent, si et fas una nova ressonància magnètica. Si el tumor ha tornar a créixer, me'n sentiré responsable. Però no puc fer l'acte simbòlic de clausura de la nit de cap de les maneres; perdona que hi insisteixi. No és que ho hagi decidit al caient de la nit, després d'haver-hi reflexionat, sinó que ho he vist clar des del primer moment en què la Pema l'ha començat a explicar, amb vivesa i alhora amb tremolor a la veu. Fins i tot a ella li costava de relatar-lo; Jodorowky l'hauria descrit en un tres i no res, com va fer amb la recepta del sexe anal, o la del vòmit de llet al forat on plantar-hi un arbre. Aquesta tarda jo escoltava la teva amiga i s'ha anat apoderant de mi l'angoixa, i una tristesa pugnaç. Quan se n'ha adonat, ha anat a buscar aquelles flors de Bach. He obert la boca, i n'ha dipositat cinc o sis gotes a la llengua, com si fos la meva mare i jo estigués malalt (es veu que és normal que les flors de Bach tinguin gust de licor). El mateix deu haver fet amb tu, Umiko, unes quantes vegades. Se'm fa estrany, enraonar-te a prop, o més ben dit, se'm fa estrany estar tan a prop teu. Feia tres o quatre anys que no estava tan a prop de cap dona que no fos la Carlota. Entre altres motius se'm fa estrany el fet de poder observar-te a pocs centímetres i amb tot el temps del món per endavant —és un dir—, perquè normalment, si això passa, vull dir si estem al costat del cos d'una dona que no és la nostra parella habitual, com que panteixa de desig, el seu cos i el nostre, si alguna cosa no tenim és calma per mirar-lo; i al matí, quan ens llevem, si és que ens llevem junts, contràriament al que feies amb els teus amants, tenim el cap en una altra banda, en el futur o el passat recent. El teu abdomen, vist des d'aquí, sembla inflar-se amb cada respiració, més que no pas abans: puja i baixa, puja i baixa. El mateix ritme que les onades; continuo sentint el brunzir del mar, a pesar que he tancat la finestra. Però no em vull dedicar a contemplar el teu cos, la pell que encara no té la textura de la taronja, els pits turgents, el pubis sense pèl, amb una piga molt petita allà on es comença a formar la vulva. No, no em dedicaré a contemplar el teu cos, si bé és inevitable que m'arribi la teva olor; el sentit de l'olfacte no té parpelles. Tot i que t'has dutxat aquest vespre, els teus cabells tenen aquella olor fangosa que tenen els cabells de dona quan fa un dia que no han estat rentats. En canvi, l'orella fa una olor infantil i dolça, l'olor de sabó de bany Nenuco; em sembla que la resta del cos també; o potser és el cos, el que fa olor de Nenuco, i no pas l'orella. En qualsevol cas, m'hi hauré d'acostumar, a l'olor i a l'orella. Si em permets la broma, aquesta orella, de lòbul més llarg del que sembla a primera vista, aquesta orella avui per mi és una mena de micròfon. Receptiva com el micròfon, fixa com el micròfon, important com el micròfon. M'hi apropo a un pam de distància, com faig amb el micròfon de l'emissora. Sort que està quieta: Josep Pla, de qui t'he parlat, va escriure que un dels avantatges de l'home sobre els animals és que té orelles fixes, inamovibles. Poden ser grosses o petites, separades del cap o paral·leles, rodones o rectangulars, o denses com les teves, tibants o flàccides, però sempre són fixes. No hi ha dubte, deia Pla, que els animals tenen la inquietud a les orelles, igual com l'òrgan de la inquietud humana és el cor. Parlant del cor, Umiko, m'agradaria ser capaç de mussitar-te, ara que he abaixat el volum de la veu, gairebé un xiuxiueig, m'agradaria ser capaç de mussitar-te com m'he sentit exactament mentre la Pema m'explicava els detalls de l'exercici de clausura de la nit. Després que la teva amiga em dipositès a la llengua les gotes de flors de Bach, un cop ha tancat l'ampolleta mirant-me amb una expressió escodrinyadora, perquè, suposo, no s'esperava una reacció angoixada en aquell moment —però sí que devia suposar que em quedaria de pedra—, m'he preguntat què en pensaria la Carlota, del final simbòlic, i he tornat a pensar en tu, i no sé per què una immensa tristesa ha començat a escolar-se a través meu.

Ja saps que ella, la Carlota, el primer que em va dir de tu va ser: «Les teves oients ja no saben com tirar-te els trastos». És clar que va ser un comentari jocós, que en el fons no tenia res a veure amb tu, igual com no tenia res a veure amb mi la crítica que em va fer Jodorowsky sobre *el joder*, o igual que no té res a veure amb nosaltres que un conductor toqui el clàxon, abaixi la finestra del seu cotxe i ens insulti perquè fa trenta segons que estem intentant aparcar (és el que li passa a la Carlota cada dos per tres, i ella se sent dolguda, i també se sent agraïda quan un vianant li dóna les gràcies per haver-lo deixat passar), però no he pogut evitar recordar-lo, el comentari referent a les meves oients que ja no saben com tirar-me els trastos, en sentir l'exercici final que la Pema, vacil·lant, m'exposava a poc a poc. A mi, sincerament, no em feia cap gràcia. Ni el faré ni el deixaré de fer per la meva dona, l'exercici, però en aquell moment he pensat en la Carlota i m'he preguntat què en pensaria ella, de tot plegat. M'he preguntat què sentiria si demà em presento a casa, amb cara de son, i li explico què he fet exactament aquesta nit i matinada, i, sobretot, com ha acabat. Ahir, mentre jo estava a la taula del menjador del nostre pis començant a preparar què et diria avui, em va mirar d'una manera estranya. Jo estava encaboriat amb els apunts sobre les remissions espontànies, els estava resumint, imaginant que te'ls llegiria, com t'he dit, en plena tarda i amb tu desperta al meu davant, i a mesura que passaven els minuts m'anava atabalant perquè creia que allò no era suficient: si bé la informació que havia recollit per deformació professional i curiositat em podria ser útil per donar-te ànims, em mancava dir-te allò que una persona malalta necessita que li diguin. Ningú no m'ho ha ensenyat mai, què caram dir-li a un malalt. No en tenim ni idea: no li podem donar un cop a l'espatlla i dir-li que la vida és injusta, que tot plegat és una mala passada, que l'acompanyem en el sentiment, que ànims. Després de rumiar-hi, li vaig preguntar a la Carlota, que estava asseguda al sofà llegint un llibre: «Tu, si fossis la seva amiga, ¿com li donaries ànims?». Se'm va quedar mirant amb expressió especulativa i després em va respondre, amb un toc d'eixutor a la veu: «Abraçant-la». No em va dir res més, i va continuar llegint un llibre. Al cap d'una estona, com que estava molt callada, li vaig preguntar: «¿Et passa res?». «No, i ara. Estic llegint». La seva comunicació no verbal em va oferir una altra resposta: tenia les cames encreuades, el llavi inferior crispat, i la mirada taciturna i reservada. Vaig pensar que potser no li feia gràcia que vingués a l'illa, però vaig deixar desfilar el pensament, un pensament tal vegada equivocat, perquè ella em donava suport, òbviament, davant la perspectiva d'ajudar una persona malalta: «Si cal, vas a la fi del món», m'havia dit feia pocs dies, quan jo acabava de rebre el teu email demanant-me el favor. Ara bé, si demà em presento a casa i explico a la Carlota que he fet l'exercici de clausura, del qual en aquests moments no en té ni la més remota idea, com no té ni la més remota idea que jo estic parlant davant una noia adormida i despullada, si demà em presento a casa i li explico que he fet l'exercici de clausura, no sé com reaccionarà. D'entrada, quedarà petrificada. El més probable és que marxi de casa, atònita, sense dir res. Quan torni, al cap d'hores, en el seu rostre hi haurà bàsicament decepció, i pena. I en el cas que li digui que si us plau intenti comprendre'm, em respondrà: «¿Jo? ¿Jo he d'entendre que te'n vagis a Formentera amb una quasi desconeguda a fer exercicis escabrosos mentre dorm despullada? I ara!». «Però està greument malalta, i a més és amiga», li respondria jo. «Que està greument malalta sí, que l'havies d'ajudar també, només faltaria; però això que sigui amiga deixa'm posar-ho en dubte. Ara resultarà que als pretendents els hem d'anomenar amics. Bé, ells sí que es defineixen com a amics: és l'única manera que tenen d'apropar-se'ns. Tot plegat és una estratègia, i sembla mentida que no te n'adonis: el camí lent i tebi de l'amistat, l'esperança que acabaran quallant com la neu; oh, que romàntic». Però tot això, Umiko, són suposicions meves; una conversa imaginària que no sé per què t'explico. Ara com ara, la Carlota confia en mi. Ja fa temps que vam decidir cultivar la confiança en l'altre en comptes de la sospita sistemàtica. Per això també m'he sentit trist, perquè dur a terme el final de la nit que em proposeu suposa trair la seva confiança. Deus estar d'acord amb mi que la idea de la Pema va més enllà de l'extravagància. Sí, ja he llegit al dietari que durant anys la teva relació amb els cossos dels homes va ser, diguem-ne, fluida; però dur a terme aquest final de nit per a mi suposaria, en primer lloc, fer el salt a la meva dona. De tota manera, no serà aquest el motiu pel qual no el duré a terme.

Sí, ja sé que el de la infidelitat en la societat actual és un concepte relatiu. Si vols que et digui la veritat, així, en abstracte, com que és un concepte, no m'interessa gaire; igual que no m'interessa el concepte de pàtria, o l'orgull de la nació. Hi ha qui en lloc d'usar la paraula infidelitat s'estima més parlar de deslleialtat —«jo el que no suportaria és que em fossis deslleial»—, però mai he entès gaire bé què volen dir. Suposo que es refereixen a no trencar el pacte que tens amb la parella. La relació necessita uns pactes, quotidians i mensuals i anuals, si és que vol anar fent la viu-viu. En qualsevol cas, avui dia tots sabem que la infidelitat circula en la nostra societat com un gran corrent subterrani, es dóna per descomptada, i la gent es casa més que mai i a la vegada es posa les banyes més que mai. Em sembla molt bé. L'intercanvi de fluids generalitzat és d'allò més bonic. Si bé no és clar que l'intercanvi de fluids, o el tacte de la carn, equivalgui a ésser infidel. Vull dir que, segons els estudis psicològics i sociològics, les dones considereu una infidelitat més greu, perquè us fa més mal, que la vostra parella s'enamori d'una altra o d'un altre que no pas que us faci el salt una nit. Els homes, diuen els estudis, ens sentim traïts si la nostra parella fa l'intercanvi de fluids. Suposo que a Formentera hi deu haver moltes parelles neohippies que no esmenten la paraula o el concepte d'infidelitat ni en pintura, que el troben carca, que tenen pactes per anar-se'n a follar amb qui vulguin, que fan trios alegrement, com els d'Updike en aquell llibre cèlebre i feixuc sobre l'alegria sexual dels seixanta. A més a més, per a dones joves i espirituals com sou vosaltres —de la nova espiritualitat, en dieu— m'imagino que el sexe té una importància relativa. Trobeu que el sexe està sobrevalorat, que total només és això: sexe, un cos. L'important és allò que no es veu, allò que hostatja el cos. I jo, si vols que et sigui sincer, també ho veig així. Els cossos a seques són bonics, però són com la mantega acabada de treure de la nevera: no s'hi pot untar el pa. Malgrat tot, sé que si sortís d'aquesta habitació, d'aquí a un parell d'hores, amb la sensació que he estat infidel a la Carlota, se'm menjarien els remordiments. Més que no pas si me'n vaig sense fer-ho, sense fer-t'ho. Com veus, en aquest país els capellans han fet mal, amb el maleït sentiment de culpabilitat. Ara bé, et preguntaràs si realment es pot considerar infidelitat a la Carlota el que em proposeu de fer, tenint en compte que estàs i estaràs profundament adormida. Jo sí, que ho considero. Has decidit prèviament què volies que et fes. El teu cos no és virtual. A diferència de tu, no estaré somniant. Hi ha un lloc comú que diu, com saps, que amb bons sentiments es fa mala literatura. Doncs, bé, a pesar del risc de fer mala literatura —oral— et diré que si existeix la relació ideal actualment tinc la sort de transitar-hi. De tota manera, com t'he dit, el de la infidelitat no serà el motiu pel qual no faré l'exercici de clausura de la nit. Ni en nom de la salut puc fer-te el que m'ha demanat la Pema.

Em revé a la memòria que en un moment de la xerrada m'ha dit, amb aquella intensitat seriosa al fons dels ulls:

—La malaltia és una gran oportunitat per rebre amor. Perquè el que passa és que clar, hi ha gent com la Umiko que inconscientment es posa malalta per rebre amor. Ella no ho ha volgut; el seu inconscient sí; és l'única sortida que ha tingut —i, veient la meva cara estupefacta, la teva amiga ha intentat matisar-ho—: la malaltia és una gran oportunitat per rebre amor, potser la millor, d'acord?, perquè quan emmalaltim tothom està per nosaltres, ens cuiden, ens estimen més que mai. Fan per nosaltres, i amb nosaltres, coses que mai els hauria passat pel cap de fer.

—Ja ho pots ben dir. ¿I no et sembla prou que li estigui parlant tota la nit?

—A mi sí. Al seu inconscient no.

M'ha sorprès que acceptessis dur a terme la segona part de l'exercici, tot i la poca importància que dónes a la carn, tal com ho demostra el fet que m'hagis esperat despullada, sense llençols, ni al futon ni a l'armari, cosa que tot just ara vaig interpretant. M'ha sorprès que acceptessis l'acte de clausura de la nit dissenyat per la Pema:

jo recordo la nostra amistat, una amistat, com t'he dit, no consolidada que amb prou feines es pot qualificar d'amistat, en la línia del que afirma la Carlota, jo recordo la nostra amistat com una amistat asexuada. No som els amics que s'han estat a punt d'embolicar, o que s'han embolicat i després recondueixen l'atracció sexual cap a l'amistat de llarg recorregut. Em sembla que era Proust que venia a dir que la nostra vida social està farcida d'homes i dones —ell deia de dones, però pensava, com saps, en homes— que un dia foren la promesa d'un gran amor. Com que no ens en vam sortir, o no els vam seduir, els reconduïm cap a l'amistat. Al capdavall l'energia de l'amistat és semblant a la de l'amor, amb l'única diferència que s'allargassa més, té més possibilitats de durar en el temps, i no implica el desig sexual. En aquest mig any que fa que ens coneixem, jo no he vist cap senyal de desig sexual en els teus ulls. Tampoc he intuït que jo t'interessés com alguna cosa més que un amic, o un conegut: ni durant el dia que ens vam conèixer, en què em vas dir amb un to sorneguer que cada nit et ficaves al llit amb mi, cosa habitual, que m'ho diguin, però amb el seu marit al costat, ni durant el curs de meditació que mai t'agrairé prou, ni les dues vegades que vam quedar a Barcelona, la primera per fer un te a la casa del Tibet i la segona per dinar en aquell restaurant vegetarià en què se n'anava la llum cada dos per tres i en què vam veure un escarabat amagant-se: «el meu vegetarià preferit de la ciutat», vas afirmar. Aquesta tarda, mentre la Pema em parlava de la teva ànsia de soledat, he fet una associació d'idees entre aquell escarabat i el teu afany de fugir, de refugiar-te kafkianament de tot i de tothom, començant per la gent del teu país, que va molt a la Sagrada Família i al passeig de Gràcia a comprar figures de Lladró però no arriba mai fins a aquesta illa, a poca distància. Vam quedar per fer el te i el dinar, vas ser amable amb mi, vas respondre els meus dubtes sobre la pràctica meditativa i, si bé és veritat que em vas proposar de quedar altres vegades, no et vas agafar gens malament el fet que jo no pogués —la maleïda falta de temps— i sempre em responies com de broma, dient-me que trobaves «normal» que un home tan «mediàtic» com jo no pogués quedar amb una noia que es dedica a «qüestions místiques». Ho deies, com sempre, amb ironia. Em feies molta gràcia. La teva ironia, vull dir. Moltes vegades no hi havia cap motiu aparent per la teva riallada, però ja hem quedat que practicaves el riure búdic i, a més, la hilaritat japonesa esclata sense cap excusa. Tanmateix, ara que ho començo a veure tot sota una altra llum, em pregunto si durant aquest temps no hi va haver algun indici per part teva, algun indici que volies alguna mena d'aproximació cap a la meva persona que anés més enllà. Potser vaig passar per alt les teves intencions. La Carlota segur que n'hauria vist molts, d'indicis, però a ella no li facis cas; ja t'he dit que fa moltes bromes i exagera: com que ella està acostumada que li tirin els trastos, es pensa que això és el pa de cada dia per a tots els mortals. També em pregunto, pensant en veu alta, si els dos dies que ens vam veure la teva comunicació verbal ocultava allò que la teva comunicació no verbal expressava de forma eloqüent. Vas venir a les nostres trobades amb una roba senzilla i a la vegada elegant, amb texans i samarreta blanca, un dia, i el segon amb un vestit negre de lli i unes sandàlies també negres que et conferien una bellesa natural i tímida de col·legiala quan caminaves per la vorera de la Rambla: la bellesa, tal vegada, és l'harmonia dels ossos en moviment. I tu la tenies, a desgrat que de vegades tens un pas vacil·lant, com si caminessis una mica coixa. No duies maquillatge; però el segon dia et vas resseguir la ratlla dels ulls amb llapis. Em vas regalar una pedra vermella per treure les males vibracions de l'estudi de ràdio, i una figureta de Buda per a la taula del meu escriptori, i mentre em donaves els regals em vas dir que no tenien cap mena d'importància, que era una forma de fer circular energia: els diners són la representació visible de l'energia que fas circular, i si dónes o regales evites que aquesta energia còsmica es quedi estancada. També, ara que hi penso, em vas regalar unes barretes de l'encens —d'olor magnetitzant— que havia pertangut al teu mestre. Semblo un detectiu a la recerca de detalls reveladors. Tal vegada l'abraçada que ens fèiem quan ens trobàvem i ens acomiadàvem, una abraçada llarga, en la qual durant uns segons deixaves reposar el teu cap a la meva espatlla, com si fóssim amics de tota la vida que per fi es retroben, cosa que, en aquell moment vaig pensar que devies fer amb tothom amb qui tenies una mínima confiança, una manera d'expressar afecte, tal vegada l'abraçada tenia un significat que jo desconeixia, i desconec. Potser la teva manera de clavar la mirada en mi mentre estàvem junts, com si meditessis amb l'atenció fixa centrada en els meus ulls, o les meves mans, les mans que ara sé que t'agraden, potser tenia un significat que jo desconeixia, i desconec. Potser estic cec, i no m'assabento de res. Potser sóc un handicapat per captar els sentiments aliens. O potser vaig pel món sense l'antena parada. Potser, anant més lluny en el temps, la invitació a participar al curs de meditació, i la posterior invitació a fer-ho sols, tu i jo sols, davant el mar, aprofitant que la resta d'alumnes vivien a Formentera, tenia un sentit que jo desconec; però no, no vull pensar-ho; ets una persona d'allò més generosa: ¿per què hem de pensar malament de la generositat? ¿Per què hem d'interpretar malament algú amable i generós? A més, en el cas que fos així, era totalment legítim. ¿Quin mal hi hauria, que jo t'agradés? Per a mi, resultaria gratificant. És gratificant agradar a les persones, a les dones. Però, com diria la Pema, una de freda i una de calenta: si és així, has de saber que els teus sentiments no són correspostos. A més, no suscites en mi un interès sexual. Òbviament, aquest tampoc és el motiu pel qual no durem a terme la segona i última part de l'exercici. Si el suscitessis, tampoc faríem l'exercici. Dit així —que no suscites en mi un interès sexual— sona molt dur, molt xulesc; perdona'm, no sé dir-ho d'una altra manera; no té res a veure amb el teu atractiu, com saps ets una dona summament bella (t'ho deuen haver dit mil vegades). Però hi ha belleses que trobem fredes, que no ens arriben al moll de l'os, amb les quals no ens n'aniríem al llit. Suposo que és una qüestió de pell, de química. Suposo que per aquest motiu avui no t'he mirat embadalit, i l'escrúpol de pudor s'ha perllongat durant tanta estona, hores, gairebé. Sí, tens un cos opulent, perfecte, de carn aparentment intacta, però no em demanis un exercici maquinal. El teu inconscient ho notaria. Em sap greu, insisteixo, dir-te tot això (és el problema de pensar en veu alta). Es veu que hi ha dos tipus de personalitat, les que van per la vida de víctimes i les que van de culpables. Ara mateix, jo em sento culpable: estic a punt de marxar sense haver fet l'exercici de clausura de la nit, i t'acabo de dir coses que em podria haver estalviat, amb el benentès que continuo tenint el dubte de si realment em sents. En qualsevol cas, el motiu de fons pel qual no penso fer l'acte de clausura de la nit és el següent: per respecte a la teva persona. Al teu cos.

[Dimecres, 24] *L'energia de les darreres setmanes és brutal. Com que no sé ni com canalitzar-la ni com acceptar-la, avui he demanat fer ús per primer cop del kyôsaku, l'anomenat bastó de la saviesa. Tant de bo m'hagués fet encara més mal. Necessito castigar-me. El jikidô, al monjo responsable de la meditació, es passeja amb el kyôsaku, un bastó de fusta llarg i prim, per tota la sala, de fila en fila, d'un en un, i pega al monjo que li ho demana. Fas un lleuger moviment de mans, el monjo arriba a prop teu, et toca suaument l'espatlla com avisant-te del que vindrà, i entomes el cop. Un cop dur i sec en un punt situat entre les espatlles i el coll, connectat amb importants centres nerviosos. El soroll que fa és impressionant. Un cop sec i net, en el punt exacte. És com les arts marcials, perquè després del cop, les dues persones, colpejador i colpejat se saluden. No és un càstig: la persona colpejada dóna les gràcies al colpejador, perquè gràcies a ell farà millor el zazen. Doncs al final l'he demanat, una vegada i una altra. Vull els cops; la situació de les últimes setmanes s'ha fet insuportable. M'és impossible tenir calma mental. I això em treu de polleguera perquè havia fet grans avenços. Abans, quan no m'atrevia a demanar el kyôsaku, durant la meditació em pessigava la pell a fi de concentrar-me i no pensar en qui m'ocupa la ment i la fa saltar i giravoltar. M'he fet ferides, i sang. Hi ha hagut dies en què he fet el zazen amb una pedra esmolada del jardí amagada entre la màniga i l'avantbraç, i me l'he anat clavant quan la ment em començava a divagar. Tot perquè darrerament em deixo endur per la cadena de pensaments, la faig gruixuda, fins que m'escanya. Ara que havia aconseguit progressos importantíssims, torno a ser una baldufa. Tota jo sóc contradicció a cada moment. Passo de l'eufòria al patiment en pocs instants: potser perquè són exactament la mateixa energia. Tan aviat el koan es converteix en una obsessió, com deixa de tenir sentit, com les dues coses alhora.*

Ja sé que la raó de tot és dins meu, però el fet d'haver trencat la rutina tampoc m'ajuda. Primer, fa un mes, tot va canviar. Va ser estrany, de fet els altres monjos també estaven estranyats, però els dokusan, les trobades amb el mestre, van passar de ser només durant el matí, a multiplicar-se i arribar a trobar-nos amb ell fins a tres cops al dia. Definitivament, trobar-m'hi tres cops al dia m'allunya de la serenor, i del koan. Moltes vegades, davant d'ell, em costa enraonar: com el primer dia. Si més no, ja no he vessat mai més el te. I quan parlo sempre tinc la sensació que ho podria haver fet millor. No només és autoexigència: vull agradar-li. Quan ell em veu dubtosa, em mira amb tendresa i em diu qualsevol cosa. Sense pensar-ho. Deixa anar qualsevol andanada sobre el temps, o les flors, o la vida. Practica, és clar, el mushin. El no-pensament. Les seves paraules no passen pel sedàs del pensament; no parla després que el cervell n'hagi donat l'ordre. El coneixement intel·lectual és una altra cosa; i només l'usa de tant en tant. Jo havia aconseguit equanimitat; però he arribat a la conclusió que l'equanimitat és impossible si un s'enamora. L'enamorament és obsessió, tal qual. No hi ha cap altra definició.

[Dimarts, 7] *Ara novament tot ha canviat. Hem passat de veure el mestre fins a tres cops al dia, a no veure'l més. Ha desaparegut, no és enlloc. Només ho entenc com un aprenentatge més, com si el mestre ens volgués ensenyar a caminar sols, sense anar amb ell de la mà (parlo en plural —vergonya—, però en realitat em sembla que és una ensenyança dedicada només a mi. No m'estranyaria que el mestre hagués notat alguna cosa). Segurament està tancat a casa, meditant tot el dia, en un recés que consisteix a meditar i deixar de menjar i de dormir. Abans, el mestre sortia de casa seva i fins i tot compartia àpats amb nosaltres. Recitava els versos del Buda mentre menjàvem en silenci. Després, jo em tancava a l'habitació i rellegia els mateixos passatges, sentint encara dins el cervell el seu to de veu. Ara, però, ja fa gairebé dues setmanes que no menja amb nosaltres, que no passeja pels jardins, que no medita davant el llac. I no descarto que el llac se senti orfe, perquè el bambú que l'envolta, símbol de longevitat, saviesa i flexibilitat, ha agafat un color marronós, com de suro. «Quan meditis pel teu compte un dia de pluja i et vingui la somnolència, vés al llac», em va dir un cop, «el so de la pluja caient damunt el bambú et mantindrà desperta». Havíem d'aprendre moltes coses del bambú: una canya buida, el símbol perfecte del cor buit. Dins del llac, les flors de lotus són el símbol de fugacitat, no duren més de quatre dies. Obren els seus pètals quan es fa clar i els tanquen quan el sol es pon. Però des que el mestre no les visita, estan canviant de color. Ara semblen més cansades, i al migdia ja tanquen els pètals d'esgotament. Per això he agafat el costum de meditar al llac.*

Al lloc exacte on meditava el mestre. Enmig de l'herba hi ha dibuixat el seu espai. Abans també hi anava, però no cada dia, és clar. No volia que el mestre em veiés ocupant el seu lloc. Una nit Kazuo-san em va veure anar fins al llac. Va saber que era jo pel cabell, sens dubte. El meu cabell és sensiblement més llarg que el de la resta de monjos. Ells s'afaiten el cap cada cinc dies, mentre que jo tinc permís per fer-ho cada dues o tres setmanes. L'endemà, Kazuo-san em va fer una pregunta sobre la meva escapada nocturna al llac, però li vaig donar allargues i no li vaig respondre. No tenia esma de respondre-li totes les preguntes que em feia.

[Divendres, 10] *Hauria hagut d'explicar-li, per exemple, l'episodi del bany. Tot i que segurament ja se n'ha assabentat i no em diu res perquè sap que ha fet ferida en mi. És un moment molt plaent, el del bany. Els monjos tenen una banyera molt gran en la qual hi cabem diverses persones a la vegada. El costum al monestir, igual que ho feien antigament moltes cases japoneses, és que els diferents membres del sangha, la comunitat, o la família, es banyin en la mateixa aigua. Això és possible perquè abans de ficar-se dins la banyera cadascú s'asseu en un tamboret baix, fora, és clar, de la banyera, i es neteja bé amb aigua i sabó. Només quan un està net del tot, es fica dins la banyera amb l'aigua molt calenta. Al cap d'una estona, arriba al bany un altre monjo, es treu la brutícia i es fica a la banyera. Així, durant una estona les energies netes de dos monjos flueixen en el mateix líquid. No és el mateix ficar-se a l'aigua el primer que l'últim, és clar: aquí l'ordre jeràrquic està molt marcat: primer es banya el mestre, després els monjos principals, el cuiner, el mestre de les pedres, el qual s'ocupa del jardí, i així fins arribar a l'última persona que, per descomptat, sóc jo. A més, com que sóc l'única dona, em deixen que em banyi sola. Però aquesta vegada el mestre ha volgut banyar-se l'últim, després de mi. Kazuo-san, sorprès, m'ha dit que era una novetat sense precedents. Li he preguntat —els ulls em brillaven— per què el mestre es vol banyar després de mi, i el meu amic m'ha dit que és una decisió seva, que les decisions del mestre no cal qüestionar-les. Li ho he tornat a preguntar: ¿per què? No m'ha respost. Llavors m'he girat, em feia vergonya insistir, i he tornat a la fila. Al principi avançava molt lentament, perquè els primers monjos tenen dret a quedar-se més estona dins l'aigua. A més, el ritual de neteja al tamboret és lentíssim. La fusta del terra, l'aigua, el sabó, el fregall, són objectes de meditació. El bany és un moment valuós per als monjos, de purificació i renaixement. Quan m'ha tocat a mi, he fet el de sempre: he entrat a la sala, ja buida, m'he desvestit, m'he rentat asseguda al tamboret i m'he ficat dins la banyera, amb l'aigua fins al coll. Per primera vegada no he pensat en l'energia continguda dins aquell líquid pel qual han passat uns trenta monjos abans que jo, perquè per primer cop l'aigua no contenia l'energia del mestre. Les seves cèl·lules. Ell s'hauria de banyar després que jo. Quan feia uns minuts que era dins l'aigua, algú ha entrat dins la sala, amb una espurna de pudor als ulls: un monjo jove que només conec de vista. M'ha informat, amb els ulls abaixats, que el mestre es banyaria amb mi. No sé què he dit; alguna cosa inintel·ligible que ha sonat, suposo, com un sí. Però immediatament me n'he desdit, he sortit de l'aigua, m'he tapat amb una tovallola de gasa, i he marxat corrents, cap a l'habitació, deixant un regueró de gotes d'aigua.*

Hauria hagut d'explicar tot això a Kazuo-san, però quan —arran de les escapades al llac— em va preguntar com estava, què sentia, no m'hi vaig sentir amb cor. Avui, per fi, havia decidit sincerar-me amb ell, avui que m'estrenava en el takuhatsu. Però una escena que he vist i que no sé com catalogar ha frustrat l'intent. Quan penso que el takuhatsu —anar a demanar caritat— és de les poques fonts de finançament, gairebé l'única, d'aquest monestir, m'indigno. Encara que per ells sigui un motiu d'aprenentatge: qui dóna l'almoina aprèn a desprendre's de les coses materials, i qui la rep aprèn la humilitat del captaire. De tant en tant, cada monjo baixa la carretera dreta que ens separa del poble amb un bol a la mà i es passa algunes hores voltant pel carrer, recitant sutres, i amb un barret que impedeix veure el rostre del donant. Entretant, la gent va deixant diners o alguna cosa de valor als bols. Avui, en la meva estrena, mentre demanàvem caritat, se m'ha apropat un occidental que estava viatjant sol per la zona. M'ha volgut fer algunes preguntes per a un llibre que es veu que estava escrivint sobre el Japó. Era el primer cop en molts mesos que em relacionava amb algú que no fos monjo. He comprovat que moltes coses han canviat al meu dedins, encara que no em trobi en una època d'excessiva equanimitat. És com si l'època d'equanimitat hagués passat: fins fa poc em semblava que ja ho havia aconseguit, que el meu temperament s'havia apaivagat i que el meu ego era com un ase de càrrega: l'utilitzava jo a ell, i no pas ell a mi. Em semblava que si sortia d'aquí i seguia amb el treball diari, podria mantenir l'equanimitat. M'imaginava lluny d'aquí, en una illa remota a la qual sempre m'ha fet il·lusió anar, perquè en vaig llegir el nom ja fa anys en un conte de Murakami —només s'hi pot arribar amb vaixell; és a prop de Barcelona—, i m'imaginava duent una vida monacal. M'imaginava observant els moviments físics i mentals, els meus i els del mar, i voltada de llatins que es belluguen i xerren i s'apropen i es toquen entre ells sense mesura. Estava, de fet, a punt d'abandonar el monestir quan em vaig adonar que no, que no em venia de gust marxar, a causa de la maleïda obsessió de l'enamorament. Però d'això ja fa temps. Aquest matí, davant d'aquell occidental, he tingut l'oportunitat de comprovar que moltes coses han canviat en mi, perquè tot i que l'he vist a anys llum de mi, no m'he sentit orgullosa d'aquesta diferència, ni superior. M'he tret el barret i l'he mirat com el que és: un ésser igual que jo. Hi he reconegut els trets d'alguns dels homes amb qui m'havia ficat al llit abans de venir aquí. Les mans, per exemple. Unes mans acceptables, però mediocres comparades amb les del mestre. Ell ha volgut venir tant sí com no al monestir, entrevistar-se amb el mestre, quan tothom sap que això és impossible en qualsevol monestir de la zona. Un escriptor o periodista ben informat, doncs. Li he respost que no, que no pot ser. Ell ha insistit molt, amb una falta de tacte considerable; però jo, amb amabilitat, he continuat dient-li que no. D'això els manuals d'autoajuda, que em queden lluny, en diuen la tècnica del disc ratllat: tu vés dient que no, fins que l'altre es cansi. I malgrat que l'home m'ha acabat insultant i m'ha dit que sóc una pobra mística sense sentit de la dignitat, perquè vaig demanant caritat pels carrers, he aconseguit no crispar-me. Me n'he sentit orgullosa. I a la vegada no m'he sentit superior a ell. I a la vegada he pensat, per variar, en el mestre; en com hi ha persones que hauran viscut situant-se molt amunt en l'escala moral dels éssers, i d'altres que quedaran presos dels mecanismes de sempre, una vida rere una altra. Quan s'apropava l'hora de tornar al monestir he volgut parlar amb Kazuo-san; volia aprofitar el moment de distensió de la mendicitat per sincerar-me amb ell, per escoltar què podia dir-me. L'he buscat, he recorregut els carrerons del poble, un a un, aturant-me a parlar amb la gent que així ho volia, fins que l'he vist enfilant la carretera que puja al monestir. Caminava al costat d'un home que duia un maletí a la mà, i que parlava amb ell amb posat seriós i greu. Els he seguit de lluny tot el camí. Quan han arribat al monestir han entrat directament a casa del mestre, i en tot el dia no han sortit d'allà.

[Dissabte, 12] *El límit entre el bosc i la part domesticada del monestir és un límit massa artificial. Un límit fet per l'home. A la vida res acaba o comença de manera tan abrupta, ¿oi que no? Digue'm, mestre, que cal una transició. Bé que cal la transició de l'embaràs abans de néixer. En la mort hauria de ser així, també. Res no ha servit de res, he intensificat les escapades nocturnes al llac, les meditacions clandestines, he abandonat el koan, he dedicat tota l'energia que tinc a meditar per tu. Massa tard. Res no ha servit de res. Ara sé que no es tractava d'un aprenentatge nou, que no té res a veure amb el desaferrament. El koan és ara una cosa menor, una broma de mal gust. «¿Què es veu quan els llums s'encenen?». Ahir, quan els llums es van encendre, et vaig veure a tu. Estirat a terra. Tots entraven al dojo, la sala de meditació, en una hora estranya, un altre cop jo estava exclosa, com quan vaig entrar. ¿Com és que no me'n vaig adonar? ¿Per què no m'havien avisat? Em vaig apropar al dojo i vaig veure els zafu, els coixins per meditar, distribuïts d'una forma estranya. Formaven cercles. Al centre, una catifa de palla, unes espelmes i una branca d'encens a mig cremar. Els monjos anaven seient als zafus i m'impedien veure qui estava estirat a la catifa, immòbil: vaig tenir de sobte una urgència desconeguda, però de fet no em va caldre veure-ho. Ho vaig saber tan bon punt em va arribar l'olor d'encens, única. Vaig sortir corrent cap al bosc. Vaig córrer i córrer. A la vida res no acaba o comença de manera tan abrupta, oi que no? He corregut més enllà, bosc endins, fora dels límits del monestir, i he corregut més, descalça, i m'he fet mal a les cames —els esbarzers, esgarrinxades— i als peus. M'he quedat arraulida al costat d'un tronc sec. Esperava que vinguessin els animals salvatges de la zona, atrets per la sang dels peus. Fins que, sense transició, s'ha fet de dia. Digue'm que cal una transició. Vine'm a buscar, aixeca't i vine'm a buscar.*

La resta del dietari, en total en dec haver llegit aproximadament una quarta part, l'he passat més ràpid, estimada Umiko, perquè se m'acaba el temps, s'està fent clar, i perquè tampoc he volgut recrear-me en la lectura dels fragments posteriors a la mort del teu mestre. Són fragment solts, i fa la impressió com si no haguessis volgut o pogut escriure gaire més. O potser en vas esbossar la traducció, pensant que ja l'enllestiries més endavant. O potser és que l'horror i el fàstic —com el que vas viure a partir de la mort del teu mestre— només es poden expressar de forma breu. Un estudi de la universitat holandesa de Groningen ha demostrat que hi ha una regió del cervell que s'activa tant si experimentem repugnància per alguna cosa que mengem o veiem, com quan en llegim la descripció (ja et pots imaginar el que he sentit després de llegir l'última part del dietari, la que de moment no goso comentar-te). La universitat de Groningen ha posat a prova dotze voluntaris en diferents situacions. Mentre registraven l'activitat del seu cervell mitjançant una ressonància magnètica —no crec que a ells els fiquessin dins el tub—, van beure un líquid fastigós, molt amarg. Després els van fer llegir breus passatges en què es descrivien situacions molt desagradables. Doncs bé, els investigadors van comprovar que en les dues situacions s'activava la mateixa regió del cervell dels participants, l'*ínsula anterior*, considerada el centre neuràlgic de les emocions de disgust: sentien exactament el mateix. Hi ha malalts amb danys en aquesta àrea que no tenen capacitat per fastiguejar-se i poden beure tranquil·lament llet agra, o menjar ous podrits. El cas, Umiko, és que en arribar a les últimes pàgines del dietari —que ara et comentaré— he hagut d'anar al lavabo a rentar-me la cara. La tovallola ja no estava humida, a diferència de quan he arribat, a l'inici de la nit, i les espelmes que voltaven la banyera s'havien refredat. Continuo pensant que confereixen al bany una atmosfera monàstica, tot i l'olor de llimona i el verd de la cera. N'he encès una, mentre pensava en el que acabava de llegir, i en tu. He entès el que vas experimentar després de la mort del teu mestre, i per què vas arribar a l'illa enmig d'un procés de dol. O potser ni tan sols vas arribar en ple dol, potser vas arribar amb les seqüeles del xoc, del fortíssim cop emocional, i el dol el vas començar a elaborar després. Si t'he de ser sincer, no m'estranya que emmalaltissis. Abans la gent es posava malalta de pena, es deia tal qual —ha emmalaltit de pena, o s'ha mort de pena— i no calia trobar-hi cap altra explicació mèdica. A mi em sembla que la teva amiga té raó quan diu que vas emmalaltir de pena; el càncer provocat per un trauma es pot manifestar anys després. Tot seguit miraré d'exposar-te els fets del dietari tal com els entenc jo. Costa d'entendre'ls, no pas per la teva lletra aràcnida, sinó perquè són anotacions curtes. Deixa'm posar-los en ordre, a veure si els he entès bé (estic tornant a pensar en veu alta). D'entrada, hi ha el teu enamorament. Com sempre, l'enamorament és obsessió i desvari, sobretot durant el període inicial, i més quan no se sap si som correspostos. Al monestir vius per primer cop l'eufòria angoixada de l'enamorament, amb l'afegit que allò no duu enlloc: és el teu mestre. T'enamores, doncs, de l'impossible. Temps enrere, anys enrere, els teus amants eren la disponibilitat màxima. Durant unes setmanes o mesos, després d'importants avenços en la meditació, la teva determinació furibunda se'n va en orris, els teus pensaments no paren d'encadenar-se tornant una i una altra vegada a l'objecte del teu amor, fins que aquest, el mestre, es mor. En alguna pàgina et preguntes el mateix que m'he preguntat jo amb tu al principi de la nit: com pot ser que una ment tan ben ensinistrada hagi pogut emmalaltir, però a continuació especifiques que hi ha grans mestres espirituals que han mort de càncer a una edat relativament jove, com la del teu, i ho atribueixes al karma, a tot el que arrossegaven d'una vida anterior. A continuació el dietari es fa més fosc, i a la vegada més despullat. No et vols rabejar en la desgràcia, i compenses el dolor amb la fredor quirúrgica de la teva prosa. Dediques les hores i els dies posteriors a la mort del teu mestre, com no podia ser d'una altra manera, a la meditació de la mort. Paradoxalment, aquells dies de meditació transcorren amb fluïdesa serena. Ja no et fa mal la posició del lotus, ni t'has de punxar amb cap pedra per tal de concentrar-te. Quan pel que sigui et costa de concentrar-te, normalment per cansament, tanques els ulls un moment i els tornes a obrir, i més d'una vegada et passa que els obres massa, mires el cel, i caus en una mena d'èxtasi, durant un instant. L'única lectura que tens és el fascicle *Genjo-koan*, del Shôbôgenyô, del qual en prens alguns apunts: la llenya es converteix en cendres, les cendres no es poden convertir en llenya, i la llenya no pot veure les seves pròpies cendres. És la mateixa relació, escrius, que hi ha entre la vida i la mort. «El zazen que practico aquests dies equival a entrar en el propi taüt. Viure el nirvana deu ser el mateix que la mort. El nirvana és acabar completament amb tot, és *ku*. Al budisme Hinayâna arriben al nirvana deixant de menjar, de respirar, etc., amb la qual cosa desapareixen les il·lusions, a costa d'aproximar-se a la mort». D'alguna manera, ho practiques, Umiko, perquè t'estàs gairebé dues setmanes menjant molt poc: alguna sopa i algun suc dels que us regalen al monestir. Quan tens gana, omples l'estómac bevent te. Malgrat la restricció calòrica escrius que et sents amb més energia, però al cap dels dies conclous que potser estàs tranquil·la perquè t'estàs debilitant. Fins que Kazuo-san, en veure't tan prima, et convenç de deixar córrer el dejuni: parafrasejant Dôgen t'explica que tenir el ventre buit no és la condició normal de la persona, ja que el cos i la consciència s'afebleixen (el cervell es fatiga i la ment pot arribar a l'al·lucinació). A partir de llavors menges una mica més, però ni de lluny tornaràs a tenir mai, que jo sàpiga, la gana d'abans; el teu estómac ja serà petit per sempre. Entretant l'ambient del monestir és de dol, però un dol contingut: hi ha menys somriures que abans, però tampoc hi ha plors. Es recupera el ritme del dia a dia, els jardins i el llac tornen a estar ben cuidats, però ja no hi ha cues davant la casa del mestre —fins d'aquí a un any no en nomenaran cap de nou— i tothom fa el que pot amb els koans, intentant resoldre'ls sense l'ajut de ningú. Continuen les meditacions col·lectives, a la memòria del mestre. De tots els rituals que feies, Umiko, de l'únic que n'he entès alguna cosa és el del *Phowa*: amb el cor invocaves la presència d'un Buda, n'observaves la presència com si fos una llum radiant i t'adonaves que les seves qualitats de saviesa, compassió i poder il·limitat eren les mateixes que tenia el teu mestre. Senties literalment, mentre meditaves, que la presència del Buda que havies invocat estava viva. Llavors notaves com la presència se situava al cap del teu mestre i l'omplia de llum. Finalment, senties com la consciència del mestre agafava la forma d'una petita esfera de llum i la visualitzaves marxant del seu cos i dissolent-se en el cor de Buda. Acabaves aquesta meditació demanant que el teu mestre hagués trobat la llum i l'espai de la vertadera natura de la seva ment per tal de beneficiar tots els éssers.

Després ve la part del cementiri que m'ha fet anar al teu estudi i finalment al lavabo a rentar-me la cara. Espero que no et sàpiga greu que hagi passat uns minuts per l'estudi, a buscar informació a internet: no entenia l'argot que uses per referir-te als rituals del cementiri. He vist, per cert, a l'estudi, que efectivament la meitat dels teus llibres són d'autoajuda i l'altra meitat clàssics, alta literatura, una barreja ben curiosa, allunyada dels cànons, amb llibres de Bellow i Nabokov i Márai al costat de Wayne Dyer i Louise Hay i Paulo Coelho, tots amb la data que els vas comprar o te'ls van enviar les editorials, amb anotacions en japonès i anglès, sempre amb cal·ligrafia aràcnida. Sí, és veritat que ja hi vaig ser, al teu estudi, fa mig any, la tarda que em vas ensenyar aquell documental que no em va agradar gens —ara potser m'agradaria més—, però aleshores em va fer l'efecte que només hi tenies manuals d'autoajuda (vaig veure els meus prejudicis i res més). No descarto gens, Umiko, seguir en el futur les teves passes: agafar el millor de cada tradició, i donar-ho a conèixer als oients del meu programa. Ara deus riure de mi. Quin canvi, deus pensar, amb tota la raó del món. M'has convençut a la teva manera el·líptica, o en realitat m'he convençut jo mateix, dialogant amb mi mateix, a partir de les experiències de les últimes hores. Però m'estic desviant: com et deia, he anat a l'estudi perquè al principi no he entès què hi anàveu a fer, al cementiri, situat a uns set-cents metres del monestir. Era a baix, assegut a la cadira que tens sota les palmeres, en la frescor perfumada de gessamí —el petit llum atreia mosquits—, i quan he arribat a aquest punt del dietari m'he dit que no podia continuar si no entenia en què consisteix un ritual que esmentes molts cops, de manera que he decidit anar a consultar-ho al teu ordinador. Se m'ha fet tard, perquè m'ha costat, com sempre, destriar el gra de la palla de les dades d'internet. Al final he trobat la informació que buscava en una pàgina de rituals zen que es veu que sobretot es practicaven antigament al Tibet. No m'ho podia creure. D'entrada he pensat que ho havia entès tot malament, però després he continuat llegint les notes del dietari i he vist que, efectivament, encara que sembli mentida, la tradició civilitzada del zen té pràctiques morboses i desagradables. Com la que em proposava la teva amiga Pema. No, m'equivoco, la del cementiri a prop del monestir va ser més desagradable, sens dubte. Si ara estiguessis desperta podries argüir que calia fer l'entrega de l'essència física del mestre. O podries argüir que Kazuo-san volia que meditessis sobre la transitorietat de les coses, també de les persones, dels cossos, del cos d'un mestre amb un elevadíssim nivell de consciència, però la veritat és que costa d'entendre. El vas practicar, el ritual, durant els mesos posteriors a la mort del mestre; però al dietari no queda clar quants mesos van ser. Vosaltres no el definiu com un ritual; us hi referiu com «la meditació de la transitorietat de totes les coses». El primer dia arribeu al cementiri tu i Kazuo-san, i t'acompanya fins al racó més ombrívol, allà on les làpides semblen més velles, com si fes anys que no s'hi enterra ningú, amb herbes altes i matolls que Kazuo-san va arrencant amb les mans per tal de netejar-te el camí: «l'hauràs de fer tu sola molts dies», diu. Al final de tot, al racó, hi albires una taula de fusta, malmesa, i al damunt hi ha el que, de lluny, et sembla un maniquí de botiga brut: és el cadàver del teu mestre. Hi ha parts literalment cobertes per les mosques, la pell apergaminada es comença de podrir, i les conques dels ulls estan picotejades, pels voltors. L'estat dels ulls és el que més et fastigueja, juntament amb els colors: la pigmentació de la pell comença a agafar en alguns punts un color groc mostassa, i a les mans hi ha grans taques violàcies, que supuren un greix semblant al de la cera. No tens temps d'observar res més, perquè et vénen arcades i te'n vas corrents a vomitar. Quan tornes, al cap d'una bona estona, Kazuo-san, que s'ha quedat practicant meditació davant el cos garrotat, t'abraça i plores entre els seus braços. És el primer i últim cop que plores per la mort del teu mestre. Mentre Kazuo-san t'abraça penses que t'ha dut fins aquí perquè està assabentat de tot; des del primer moment ha intuït els teus sentiments cap al mestre. De fet, ell et va acompanyar l'últim dia que el vas veure amb vida. Encara faltaven dos o tres dies per a l'escena dels monjos entrant a la sala per dedicar-li una de les últimes meditacions col·lectives. El mestre no es podia valdre per si mateix, et va fer cridar, Kazuo-san et va venir a buscar, i un cop davant d'ell, amb la veu prima, el mestre et va dir que al cap d'uns mesos estaries a punt per donar a llum l'anomenada *bodhi* (aquí, Umiko, no t'he acabat d'entendre la lletra, i no sé a què et refereixes amb *bodhi*). Però ell et volia fer la transmissió o *inka* en aquell moment. Com si haguessis resolt el koan. No l'havies resolt encara, però ell no tenia més temps per endavant, si bé en aquell moment no t'ho va dir. Al dietari hi expliques que *transmissió* no vol dir que el mestre ens doni el seu coneixement, cosa impossible, sinó que ens ajuda a acabar de desfer-nos d'allò sobrer. També expliques que aquella no va ser una transmissió usual, no només per l'estat de salut del mestre —va ser un càncer fulminant, expliques en un altre lloc, de pàncrees—, sinó perquè no hi va haver ritual de preparació. El mestre no et va dir res. Es va quedar callat. Et mirava amb els seus ulls dolços i líquids, assegut a terra, al costat de la figura d'un Buda. Us voltava una mena d'estranya lassitud. Kazuo-san us va deixar sols uns minuts. No vau fer res més que mirar-vos als ulls. La transmissió va ser l'obertura de les dues ments. «Un buit complet. La unió entre les dues ments. Dues ments que esdevenen una de sola».

Al cementiri, mentre t'abraça, Kazuo-san t'explica que la gran lliçó de la vida és la de la transitorietat, i ara tens una oportunitat única per treballar aquesta lliçó: «El mestre ja no és dins aquest cos. Segur que ja n'ha trobat un altre». De manera que durant no sé exactament quantes setmanes o mesos, cada dia, amb la llum neta i clarejant (la mateixa que comença a sortir ara a l'illa) vas al cementiri a practicar la meditació de la transitorietat durant un parell d'hores. La practiques dreta, davant el cadàver, i ni la pudor de descomposició, ni els insectes que volten el cos, o que el penetren i se n'alimenten (cucs, sobretot, que veus amb una claredat de glaç) et distreuen de la meditació. Al dietari fas alguna referència a la carn masegada, als ossos estellats, als membres contorçats, a les orelles, que han estat el primer a caure del cos, però no fas cap descripció exhaustiva del cadàver, a desgrat que et passes hores observant-lo. Sí que descrius les teves sensacions, que van des de l'esgarrifança fins al deliri i que observes atentament, a mesura que medites, intentant, en la mesura del possible, no identificar-t'hi. No és que jo estigui trista, et repeteixes una i una altra vegada, sinó que pel meu cap hi ha passat un pensament de tristesa. Vas a veure el mestre descalça, i la teva pell dels peus, les teves vestimentes, esparracades, participen d'aquell aire de desolació corrosiva. Al dietari hi ha moltes referències als textos clàssics. Es tracta, pel que he entès, de «despertar a la veritat de la impermanència: en veure la descomposició del cadàver, l'ignorant desperta a la veritat de la impermanència de totes les coses i els éssers». També fas referència a la naturalesa impura de tot, palesa en el cos que ha deixat de ser cos per transformar-se en podridura, en cucs fent una dansa macabra. «Però cal no oblidar», diuen els mateixos textos, «que aquest cos abans també era impur: al costat d'un rostre sa i tal vegada bonic hi havia pus i sang i greix, i suor i orina i femta. Un cop mort, el cos es torna més repugnant que el d'un gos». La majoria de citacions són del text anomenat *El gran cessament*, d'un monjo anomenat Yanizaki, que especifica que les meditacions davant el cadàver han de seguir la gradació dels cinc estadis del canvi en un cadàver humà: el primer és l'estadi en la fase de putrefacció, el segon la fase sanguinolenta, el tercer la fase de supuració, el quart la fase de decoloració, i el cinquè la fase d'omofàgia. T'imagino, Umiko, anant a meditar cada dia davant el cadàver del teu mestre, acceptant la situació a poc a poc, amb la ment fent de mirall del propi malson de fatiga, d'esbalaïment, d'ignomínia, fins que un bon dia decideixes que ja l'has superada, la meditació de la contemplació de la impuresa. O no, tu no ho dius així: escrius que la tens integrada. Ja no té sentit anar físicament cada dia al lloc del cadàver, observar el rostre totalment desdibuixat, algunes parts saquejades pels animals, no té sentit anar físicament al lloc del cadàver perquè el tens «tan interioritzat» que pots practicar la meditació pel teu compte. De fet, els textos sagrats recomanen continuar meditant cada dia, evocant amb la memòria els trets del cadàver com si fos davant nostre. El cervell no distingeix entre allò que imaginem i allò que tenim davant nostre i els sentits capten a la perfecció. Em queda el dubte, Umiko, de si un cop vas abandonar el monestir, al cap de poc temps, i vas venir a l'illa, vas continuar practicant aquesta meditació. Em queda el dubte de si l'estàs practicant aquests dies.

Me n'he d'anar. A les cortines batega, amb la primera llum del dia, l'eco de la claror de l'aigua a la platja. El mar té aquell xarbotament agradable que deixa el vent del sud. Em pregunto què es veu quan els llums s'encenen, però no tinc resposta al koan, si bé m'imagino que hi ha el que sempre ha estat allà i nosaltres no vèiem a causa de la foscor dels prejucidis i les idees, talment com la fosca m'ha impedit veure fins ara els blancs de les cases espargides en el verd, uns blancs que ennobleixen el paisatge: sobre el blanc, el dibuix de les finestres blaves adopta una perfecció voluptuosa, semblant a la del teu lleuger somriure (deus tenir un somni agradable). El somriure afina la teva cara ben ovalada, una cara que durant tota la nit i matinada ha tingut una expressió d'absència, com si sentís una melodia llunyana. Ara et continuo parlant a cau d'orella, però com deus haver notat ja no estic perpendicular a tu, damunt el coixí. Quan he tornat de l'estudi t'he deixat el dietari damunt la tauleta de nit, m'he tret la roba, per fi, i he decidit estirar-me al teu costat. Vist amb la llum del dia el teu cos no és tan blanc com em pensava. Ara l'olor de sabó Nenuco que desprens és més tènue, es barreja amb l'olor corporal, una olor deliciosa. Realment feia riure, la meva postura d'abans, damunt el coixí. Igual com fa riure que durant bona part de la nit t'hagi enraonat des de tan lluny. M'he acabat el te verd que m'havies preparat, ara recolliré la tetera i el got i els deixaré a la cuina, abans d'agafar-te, prestats, un parell de llibres que m'han cridat l'atenció del teu estudi, llibres sobre meditació i visualitzacions durant la malaltia que voldria donar a conèixer als meus oients. Així doncs, d'aquí a uns minuts em vestiré, baixaré de nou a rentar-me la cara, sortiré de casa teva, passejaré una estona, i, si em ve la gana, cosa que dubto, perquè encara tinc l'estómac regirat a causa del dietari, passaré per la fleca Manolo a comprar-me un croissant, abans d'anar al port de la Savina, a agafar el vaixell fins a Eivissa, i després l'avió a Barcelona, tot jo somnolent, però intentant ser conscient de cada passa, de cada minut, de cada segon. D'aquí a un parell o tres d'hores, quan l'efecte del somnífer es vagi esvaint, vindrà la Pema i t'esperarà fins que et despertis. Després, suposo, et prepararà un bon esmorzar a base de fruita i cereals integrals, i anireu a caminar practicant l'atenció plena. La pobra no deu haver tancat els ulls en tota la nit, cavil·lant, angoixant-se a mesura que passaven les hores i se li encadenaven tot de pensaments compungits. Aquesta tarda, quan m'ha acabat d'explicar l'exercici «simbòlic» que hauria de cloure la nit —l'exercici que no he dut a terme—, ha murmurat:

—Com pots suposar, per a mi no és fàcil demanarte'l. I encara menys imaginar-me'l. Jo tampoc dormiré ni cinc minuts, aquesta nit i matinada. Tot és culpa de la maleïda imaginació.

Però no l'he fet, l'exercici. Tal vegada qui hauria de dur-lo a terme —amb algunes variacions, és clar— hauria de ser la Pema. Al capdavall a vosaltres sí que us uneix l'energia de l'amor, encara que prengui forma d'amistat. No descarto trucar-li, més tard, i proposar-li que sigui ella qui faci l'exercici, o una variant femenina d'aquest. Tanmateix, m'assalten els dubtes: si me'n vaig sense dir-li res, potser creu que m'hi he repensat i finalment l'he dut a la pràctica, i tu també, i el fet de creure-ho intervé favorablement en la curació —l'efecte placebo, altre cop.

Amb tot, no m'agradaria acomiadar-me parlant d'això. No sé quan ens tornarem a veure, ni si ens tornarem a veure; ja he acabat el meu peculiar programa de ràdio d'una nit per a una oient especial, i no tinc previst tornar a l'illa a curt ni a mitjà termini. Per això valdria la pena que ens acomiadéssim bé, o molt bé. Un comiat de tu, i, de retruc, del salobre i el vent de l'illa. No pot ser que me'n vagi d'aquí, després de tot el que hem compartit, no pot ser que me'n vagi d'aquí dient-te adéu i ja està. No pot ser que m'acomiadi de tu fent-te un petó a la galta. Ni tampoc em vull acomiadar fent-te un petó als llavis (a Formentera això és el pa de cada dia). Abans havia pensat d'acomiadar-me compartint una meditació junts, però ho he descartat: havia pensat focalitzar l'atenció en la pausa de no-res que deixes entre la inspiració i l'expiració, i a poc a poc adaptar la meva respiració i els batecs del meu cor als teus. Llavors et començaria a fer una meditació guiada, basada en Thondup, usant la respiració talment una força benefactora. La respiració serviria per difondre les ones curatives: notaries que la llum i l'energia guaridores eren transportades a les cèl·lules del teu organisme cada vegada que inspiressis i expiressis. Però ho he descartat, perquè és més del mateix (tu ja ho fas, cada dia). Així, doncs, he pres la decisió d'acabar la nit en silenci. He decidit fer-te una abraçada. Una abraçada de cos sencer. Ja sé que no cal que et demani permís, que tu me'l donaves per un acte que anava molt més enllà. Aquests últims dies he llegit algun fragment d'ara no recordo quin llibre en què s'afirma que les abraçades també poden ser terapèutiques. Si les mans del reiki poden ser terapèutiques, ¿per què no ho pot ser tot el cos? Hi ha aquella dona, Amma, que va repartint abraçades a tort i a dret per tot el món. Tal com estic ara l'abraçada és plausible, perquè em dónes l'esquena. Em trobo a pocs centímetres de tu, notant la tebior del cos, la voluptat de la teva pell (la Pema diria que noto la teva aura, els cossos subtils). Al final de l'esquena hi tens un borrissol a penes visible que s'estén fins a l'inici de les natges, un borrissol semblant a aquell que tenen fruits com l'ametlla. Abans he dit que era una qüestió de pell, el fet que no sentís desig sexual per tu, però no he estat gens encertat amb l'expressió —aquella estona no he estat encertat en res—, ja que realment tens una pell extraordinària: tesa, calenta, envaïdora. Així doncs, t'abraço com Déu mana, el braç per sota del teu cap, tot el meu cos darrere teu i... un moment. No, això no m'havia de passar. Disculpa'm; després de l'episodi de la platja davant aquella noia despullada, ¿no m'havia promès que amb tu això no em tornaria a passar?

NOTA FINAL

Umiko va generar una remissió espontània la primera setmana de juliol de 2008 mitjançant la tècnica de visualitzacions, i creient que «l'exercici final» s'havia dut a terme. Actualment viu a Barcelona i és professora de meditació i ioga.

AGRAÏMENTS

L'autor agraeix els suggeriments de tota mena que li han fet diverses persones: Berta, Sira Abenoza, Montse Barderi, Raquel Bouso, Leonci Hernández, Albert Jornet, Eva Juan, Jordi Llavina, Concha Pinós, Sira Ponsa, Ricard Rotllan i Miquel Saumell.

L'article que comenta la Pema és d'Andrés Ibáñez i es va publicar al suplement ABCD. Els únics llibres que no surten esmentats a la novel·la són *Meditació per a principiants*, de Jack Knorfield (Viena), que ha estat bàsic per l'episodi d'aprenentatge de la meditació; així com *El espejo vacío*, de Janwillem Van de Wetering (Kairós), i *Crònica japonesa*, de Nicolas Bouvier (Brau).

L'autor també vol expressar el seu reconeixement a l'escriptor Francesc Miralles i a l'agent Sandra Bruna, als editors Bernat Puigtobella, Ester Pujol i Fèlix Riera, a Anna Tomàs i Toni Vallès, i a Verónica Sánchez, sense la qual els fets del monestir zen mai no haurien sortit a la llum.